『精霊の花嫁』の
兄は、
騎士を
諦めて
悔いなく
生きる
ことに
しました
Seirei no hanayome no
ani ha, kishi wo akiramete
kuinaku ikirukotoni shimashita

主な登場人物
エルド
家出したディアンを助けた、怪しげなおっさん。一匹の狼を連れている。彼の正体はいったい……？
ゼニス
エルドと行動をともにしている、白く美しい狼。どうやらただの狼ではないようで……。
ディアン・エヴァンズ
精霊からの加護を授かることができなかった青年。父は英雄で、妹は『精霊の花嫁』。騎士になるよう言われ続けている。努力家で、真面目。

ペルデ・オネスト
司祭の息子。ディアンの幼なじみの一人で、ディアンに対して複雑な感情を抱いている。
ヴァン・エヴァンズ
ディアンの父。過去に精霊王と交渉し英雄と呼ばれたうちの一人。ディアンに厳しい教育を行っている。
サリアナ
ノースディア王国の第一王女。魔術にも知力にも秀でている天才。ディアンを自分付きの騎士にしたいと強く望んでいる。
メリア・エヴァンズ
ディアンの妹。生まれながらにして『精霊の花嫁』になることを定められた娘。

Contents

「精霊の花嫁」の兄は、騎士を諦めて悔いなく生きることにしました

Seirei no hanayome no ani ha, kishi wo akiramete kuinaku ikirukotoni shimashita

池家乃あひる

イラスト
松本テマリ

1章　日常

自分の失敗に気付くのと、高らかな音が響くのと、どちらが早かったのか。

腕に伝わる衝動《しょうどう》。重く痺《しび》れる指先。握っていた剣が宙を舞う様《さま》を目で追ったのは無意識。

そうするべきではなかったと後悔するのは、いつだって全てが終わってから。

世界が揺らぎ、息が止まる。腹部への圧力は、呆然《ぼうぜん》と立っていた足を地面から剥《は》がすのに、十分すぎるものだ。

腕で庇《かば》い、背を丸め、咳《せ》き込む。込み上げる酸味《さんみ》をやり過ごし、滲《にじ》む視界で捉《とら》えたのは、突きつけられた剣の切《き》っ先《さき》。

剣が落ちる音を掻《か》き消す無数の声は、まるで悲鳴のよう。

だが、そのどれもが目の前にいる男への賞賛であり、自分に向けられたものは一つもないことを、青年――ディアンは、誰よりも理解していた。

「勝者、ラインハルト！」

歓声はひときわ大きくなり、ディアンが吐いた息など微《かす》かにも聞こえない。

ただの授業でここまで盛り上がるなら、本当の試合の時はどうなるのか。

宣言を受け、潰《つぶ》された剣先が下ろされる。それでも立てないのは、腹に受けた衝撃《しょうげき》が引ききらないからだ。

吐かなかっただけマシだ、と言い聞かせるのは、自分への慰《なぐさ》めか、または現実逃避か。

呼吸が整わなければ、その答えは出せそうにない。

「無様《ぶざま》だな」

容赦《ようしゃ》のない言葉は正面から。今、まさに打ち合っていた相手の口から発せられたものだ。

涙で滲む視界、逆光で読み取れない表情。それでも、輝かしい金髪から覗《のぞ》く碧眼《へきがん》の冷たさは、既に知っている。

周りの歓声も、ラインハルトと呼ばれる男にとっては、当然のものだった。

己の名を呼ぶ乙女たちに笑いかけることもなければ、賞賛する男たちに手を振ることもない。

ただ、蹲《うずくま》ったままでいる敗者を鼻で笑い、睨《にら》みつけるだけ。

無視されていないだけマシかもしれないが、無視できないほど嫌われている、とも言い換えられる。

どうであれ、喜べることではない。

「よく堂々としていられるものだな。お前は恥という言葉を知らないのか?」

興奮の声は、いつの間にか嘲笑《ちょうしょう》へと変わっていた。愚《おろ》かだと蔑《さげす》む無数の目。

だが、手が強張《こわば》ったのは、怒りでも悲しみでもなく、まだ痺れが残っているせい。

一度握り、それから開く。薄れぬ違和感に、疑問を抱く暇はなく。呼吸はいまだ乱れたまま。

「ああ、実技も座学も満足にこなせないお前では、知らなくて当然か」

「……今日は、随分《ずいぶん》と……饒舌《じょうぜつ》、ですね」

いつもなら多くても二言ぐらいで去って行くのに。虫の居所が悪いのか、あるいはその逆か。

少なくとも、口に滲む酸味にしかめた顔は、お気に召さなかったらしい。

「やはり馬鹿にはわからんか……身の程《ほど》を弁《わきま》えろと言っているんだ。その様で、よくも護衛騎士になりたいなどと言えるものだ」

静かな嗤《わら》いは広まっていく。いっそ大声で笑い飛ばしてもらえれば、彼の言う恥とやらで上書きされただろうに、鼓膜《こまく》を苛《さいな》むそれらは、ディアンを痛めつけるものでしかない。

とはいえ、謝っても弁解しても、それは新たな火種にしかならないだろう。

だからこそ口を噤《つぐ》み、じっと痛みに耐える。

視線を逸《そ》らさなかったのは、なけなしのプライドではなく、他にどうすることもできなかったから。

それさえも。否、もはやディアンの行動全てが、ラインハルトには不快にしかならず。

「なんとか言ったらどうなんだ、加護《かご》なしが」

「私語はそこまで！　……お前も、いつまでそうしている」

止まらぬ怒りは、叱《しか》る教師の声でようやく終わりを迎えた。

怪我《けが》を気遣《きづか》う様子はなく、単純に邪魔だと隠す気もない口調に、再び不快な嗤い声が響く。

友人たちの元に戻り、笑みを浮かべる男から、不快さはもう感じられない。

いや、あれが彼の本来の姿であり、ディアンに対する態度が特殊なのだ。

土にまみれた臀部《でんぶ》ではなく、痛む腹部に手を添えて立ち上がる。その腕自体も重く、何度息を吸っても、いまだ呼吸は乱れたまま。

これで足も挫《くじ》いていたなら、もはや笑うしかなかっただろう。

次の試合を見守ることなく、壁に身を預け、拳《こぶし》を作り、ほどく。

繰り返しているうちに薄れていく違和感も、まだ聞こえている嘲笑も、もはやいつものこと。

いつも通り負けた。ただ、それだけのこと。

実際、ラインハルトは強者と呼ぶに相応《ふさわ》しい人物だ。

この国の第一継承者として鍛錬《たんれん》を怠《おこた》らず、全てにおいて首席を不動のものとしている。

彼が負けたのは、幼少の頃に一度だけ。そう、たった一度だけだ。

結果が分かっていても、全力で挑《いど》み、諦《あきら》めなかったという点だけは、きっと褒《ほ》められるだろう。たとえ、誰にそう言われなくとも、誰もそれを認めなくとも。

だからディアンの感情は、ラインハルトに負けたことではなく……今日も、ディアンが誰にも勝てなかったことに対して。

ノースディア王立学園。

下は平民から上は王族まで。剣も魔術も、望めば大抵の知識を習得することができる、若者たちの集《つど》う場。

二十年前にあった大戦からの復興の折、国王陛下が次世代のために設立した、まだ歴史は浅くとも、その名は後世まで残り続けるだろう。

国を支えるのは他でもなく民であり、未来を担《にな》う子どもたちに必要なのは知識である。平民であればなおのこと。貴族であれば彼らの生活について、共に学ぶことで見えてくるものもある、と国王陛下はお考えなのだ。

まだその教育の成果が分かるまで十数年はかかるだろうが、少なくとも言えるのは……この学園が始まって以来、ディアンほど成績の悪い者はいない、ということ。

入学してから六年間。明確に勝てたと言える回数は、片手で数える程度。

剣術だけではなく、座学もそうだ。いかに努力しようと合格には至らず、上位どころか平均点にすら到達したことはない。

怠《なま》けているわけでも、不真面目に取り組んでいるわけでもない。むしろ、そう評価されているからこそ、人一倍頑張っている。

それはディアンの自覚以上に。良心ある者なら宥《なだ》め、制止するほどに。

それでも結果が出ないのならば、嗤《わら》われても返す言葉はない。

どんな意図が込められていようと、ディアンにとっては受け止めるべき評価であり、事実なのだから。

痛みは治まらないが、腕の痺れと怠《だる》さは楽になってきた。

同じ模造剣《もぞうけん》とは思えない、強烈《きょうれつ》な一撃。毎日鍛錬を積んでいるはずなのに、どこで差がついてしまったのか。

否、これはディアンの心境も関わっている。向かい合った時から身体は重く、鈍かった。

今に始まったことではない。ラインハルトでも、他のクラスメイトでも、誰かと対峙《たいじ》するだけで怯《ひる》み、硬直するのは致命的《ちめいてき》な弱点だろう。

向けられているのは偽物《にせもの》の剣だし、訓練なのだから傷付くことを恐れてはいけない。

分かったふりなら誰にだって。それを結果として出せないのであれば、どれだけ意気込もうと無意味だ。

ためらっているのは傷付けることなのか、それとも他の何かなのか。

それが分かれば、少しはこの身体もまともに動くことができるのか。そんなことを考えている暇があれば、もっと剣を振るうべきなのか。

「さすがは王太子殿下」

「ええ、本当に。この国の王太子としても、英雄のご子息としても恥じないお姿だわ」

聞こえてくる囁《ささや》き声を拾ってしまうと、自己分析もままならない。

まだ興奮している乙女たちの声は一層高く、他の雑音など容易に掻《か》き消されていく。

賞賛に対し、嫉妬《しっと》を抱《いだ》かないほど、できた人間ではない。

だが、それ以上に身構えているのは、そのあとに続く言葉に対して。

「それに比べてもう一人は……」

「あら、聞こえますわよ」

嘲笑《あざわら》う声は再び悪意を打ち付けてくる。声にされなかったものを含めれば、その数はさらに増えるだろう。

被害妄想《ひがいもうそう》であればよかったが、残念ながらこれも現実。

「王太子殿下の仰《おっしゃ》る通り、少しは恥を知ればいいのです。ギルド長様も自分の息子があれでは、あまりにも……」

「同じ英雄のご子息だというのに……」

「ですが、妹であるメリア様は『精霊の花嫁』に選ばれた御方《おかた》」

「ええ、それがせめてもの救いでしょうね」

実際に語っているのは数名でも、その声は全員から向けられているようだ。

否、声にされていないだけで誰もがそう思っている。

なぜディアンだけが、こんなにも落ちこぼれているのかと。

「髪も目も黒なんて不吉だわ。そのうえ、あの目付き……」

「実力もないくせに、プライドだけあるなんて……」

黒髪も黒目も遺伝だし、吊り目はそれこそ父親の特徴を引き継いだものだ。

ディアンが普通に見ていようと、周りからすれば睨むことしかできない矮小《わいしょう》な男としか取られていない。

せめて髪か目、どちらかが他の色であれば、ここまで言われなかったのか。

とはいえ、外見など簡単には変えられないし、不吉だとは、ディアン自身も分っている。

だからこそ、せめて内面だけでも磨かなければならないと。一日も欠かさず剣を握り、どれだけ疲れていようと教本を捲《めく》っている。

その努力は無駄にはなっていないはずだ。……それでも、その結果はまだ表れない。

「本当に、ああはなりたくないもんだな」

一体、自分には何が足りないのか。

少しでも答えに辿《たど》り着こうとするディアンに与えられたのは、嘲笑と授業の終わりを告げる鐘の音だった。

◆◇◆◇◆

この世界には、かつて一つの光しか存在しなかった。

幾千、幾万年。気の遠くなるほどの時間の中、いつしか光は自《みずか》ら意志を持ち、姿を持った。

それこそが創世主《そうせいしゅ》。精霊王、オルフェンである。

オルフェンはこの世界を造《つく》るため、まず自らの力を二つに切り離した。

力もまた、各々《おのおの》の意志を持つようになり、姿を変え、名を変え。やがて宿《やど》す力さえも変わり、個として確立していった。

オルフェンは世界に様々《さまざま》なモノを造られた。森、海、山、空。意志を持つもの、持たざるもの。そして、人間。

各々の祈りは精霊に通じ、その願いによって新たな精霊が生まれる。

彼らは精霊界と人間界を繋《つな》ぐ境界、精霊門を通じて、今も我々を見守ってくださっている。

……だが、今日もディアンだけは、見放されているようだ。

これでもう何度目の溜《た》め息かも数えきれず、いまだ痛みを訴えている腹部に手をあてがう。

全ての授業が終わっても、敷地内に残っている人影は多い。

友人と遊びに行く者。残って勉強をする者。ただ単に時間を潰す者。その理由は様々だろう。

普段は書庫に寄ってから帰るのだが、今日はどうしても気分が乗らない。

それは模擬戦の結果を思い出すからか、腹部の痛みのせいか。

どちらであれ、ディアンには良いものではなく、こんな心境で学ぼうとしても集中できないことは経験済み。

遊ぶ暇などない。勉強しないならば、家で剣を振るうべきだと理解している。

だが、これから向かう場所は、決して遊ぶためではなく、求められている知識とは違えど、ディアンに必要なことに変わりはない。

そう言い聞かせる相手は、頭の中にいる父親か、自身の罪悪感か。

答えが出せぬまま足が速まるのは、無意識にこの場から逃げようとしているからだろう。逃げたところで、明日も今までと変わらない評価を下されるというのに。

なぜ彼だけがああなのかと、囁かれ、侮辱《ぶじょく》され、そして嗤われるのだ。

そう、だから逃げているのではない。無駄にできる時間がないから急いでいるだけだと、止まらぬ言い訳は、目的地に着くまで続くのだろう。

外に出ると、ディアンを照らす日差しが、まだ夕方が遠いことを示す。

日が沈む前に帰れば、怒られることもないし、妹に勉強を教える時間も取れるだろう。余裕があると分かっても、足は止まらず、息が弾む。

走って向かうのも鍛錬になる、と、足で強く地面を踏みしめ、

「――ディアン！」

……だが、その足が蹴り出されることはなかった。

高揚した気分がいっきに沈み、水を浴びせられたように、頭の先から冷えていく。

鈴の音《ね》のような可憐《かれん》な声に呼ばれたのは、明らかに自分の名前。

聞かなかったことにするのは許されない。そう、記憶通りの相手であるならば、絶対に。

一度目を閉じ、呼吸を整えながら振り返る。真っ先に視認したのは、美しいバターブロンドが風を受けてなびく光景。

あえてバレッタに纏《まと》めず、遊ばれた後ろ髪。毛先が太陽を浴びて輝く、その様。

額の中心で左右に分かれた前髪と、本物と見間違うほどの輝きを放つブルーサファイアの瞳。

全ての淑女が羨《うらや》み、全ての紳士が抱く理想の姿。

同じ制服でも、滲み出る高貴さが霞《かす》むことはない。

彼女が嬉しそうに駆け寄ってくるよりも先に、腰を折る。そこでようやく、ディアンは彼女と視線が絡まないよう、目を伏せることを許された。

声をかけてきたのに、顔を合わせないのは失礼にあたるだろう。

だが、ディアンの目の前にいる女性は、その敬意を受けるべき相手であり……絶対に、そうしなければならない相手なのだから。

「……ご機嫌麗《うるわ》しゅう、殿下」

視界を遮《さえぎ》ると、他の感覚が研《と》ぎ澄まされていく。そうでなくとも、彼女に続く甲冑《かっちゅう》の音は聞こえていただろう。

むしろ、目を伏せるのは、彼女に付き従う彼らを見たくなかったからかもしれない。

「ディアン、ここは学園内だから顔を上げて。それに、名前で呼んでって前にも言ったはずよ？」

仰《おお》せの通り、顔を上げれば、真っ直ぐに見つめる青を、黄金の睫毛《まつげ》が縁取《ふちど》っていることだろう。

だが、その光景を見ることは許されないし、ましてや彼女の要望を叶《かな》えることだって。

閉じたままの視界が暗くなったのは、追いついた従者が日傘《ひがさ》を差しだしたのだろう。

いつものようにディアンを見つけ、制止も振り切り、飛び出したと見える。予想もしない行動に、対応が遅れた彼らを責めることはできない。

――サリアナ・ノースディア。

この国の第一王女であり、ラインハルト殿下の、双子の妹。そして、彼女もまた英雄の娘。

魔術においては幼少の頃から天才と呼ばれ、今も魔術の腕は国内随一と名高い存在。

本来ならこの学園で学ぶことはないのに、こうして同じ時間を共有しているのは、国王陛下のご意向なのか。それとも、彼女自身が望んでいるのか。

「……私になんの御用でしょうか」

ディアンは平民で、サリアナは王族。本来なら声をかけてもらえる立場ではないし、毎日のように呼び止められるなど、ありえないことだ。

しかし、実際にそうなっているのは……英雄である父親の繋がりがあるからこそ。つまり、幼なじみというものだ。

ディアンの中では『だった』とあとに続くが、サリアナはそう考えていない。

どれだけ周囲が諫《いさ》めようとも彼女は納得せず、無理に否定すれば、それだけ躍起《やっき》になる。その行き着く先を、嫌というほど味わってきた。

だからこそ、聞こえた望みを無視して、話に入る。

素直に話題が移り変わるのも、話を逸らすな、と怒るのも、確率としては半分ずつ。

「ああ、そうだわ。またお兄様がひどいことをしたのでしょう？」

考えるまでもなく、模擬戦のことだと気付く。違うクラスなのに耳に入るのが早い。

いや、ラインハルトというより、ディアンが負けた方が広まった可能性もある。

どちらであれ、事実は変わらない。

「本当にごめんなさい。怪我は？　まだ痛む？」

「……いいえ、殿下が謝ることは何も。これは私の精進《しょうじん》が足りぬ結果です」

そう、怪我を負ったのも、負けたのも、自分の努力が足りないせいだ。

兄だろうと幼なじみだろうと、彼女がそれを謝ることはない。

「ラインハルト様には、私の未熟《みじゅく》さを見直す機会をいただけたことに感謝しております」

「でも、本気で蹴《け》るなんて……いくらなんでもやりすぎだわ」

やはり本気だったのかと、思い出したように痛む腹を宥めることはできない。この程度で済んでよかったと思わなければ。

不調を隠したつもりだが、寄せた眉を見られてしまえば意味はない。

「まだ痛むのね？　医師に治療《ちりょう》させるわ、一緒に――」

「いいえ、大した傷では。このようなことでお手を煩《わずら》わせれば、父に向ける顔がございません」

従者が一緒とはいえ、馬車に同乗すればなんと言われるか。それも、この程度の怪我で。

「……自分のような未熟者にも、真剣に挑んでくださったのです。殿下のそのお気持ちだけで十分です」

じわり、じわり。声にする度《たび》に、本当に痛むのはどこだったのか。浮かべた笑みは、誰に気付かれないようにだったのか。

答えを出す間も惜しく、深く頭を下げる。

「失礼いたします」

「あっ……待って、ディアン！」

今度こそ踏みだそうとした足が、腕を取られたことで引き留められる。

そこまでされて無視するなど、ディアンには到底《とうてい》許されない行為だ。ましてや、その華奢《きゃしゃ》な手を振り払うなど。

「そのネックレス……今日も着けてくれたのね」

サリアナの視線はディアンの首元へ。つられて見たそこに、彼女と同じ色が光っているのを捉え、掴《つか》んだそれを手の中に隠す。

先の模擬戦でボタンが飛んでしまったのだろう。晒《さら》された肌に隠せる場所はなく、今さらそうする意味だって。

王家の紋が施され、楕円に加工された青い石。幼い頃、騎士になると誓いを立てた日に、サリアナから賜《たまわ》った物だ。

落ちこぼれのディアンにはあまりに重すぎる物。だが、肌身離さず着けているのは、己を叱咤《しった》するためではなく、そうしなければならないからだ。

なぜ、と。漠然《ばくぜん》とした疑問が頭に浮かんでも、すぐに靄《もや》となって消えていく。

必要であるから、そうしなければ咎《とが》められるから。理由はそれで十分。

「約束を守ってくれているのね。……嬉《うれ》しい」

「……お話はそれだけでしょうか」

綻《ほころ》ぶ笑顔を直視できず、解放を願って絞り出した声は、やはり叶うことはない。

「久しぶりに皆で集まれないかと思って。メリアにも最近会えていないし、ペルデともゆっくり話す時間がなかったから……」

夢中で掴んだのだろう。腕に食い込む指は案外強く、聞き流しそうになった言葉はしっかりと耳に響く。

ディアンにとってこの時間がいかに苦痛でも、彼女にとっては昔と同じ、他愛もない会話。

従者にどのような視線を向けられていようと、それは彼女ではなく……やはり、ディアンが悪いのだろう。

誰に聞いても誰が見ても、いつだって、そうだったから。

だが、彼女はそんなディアンの心境を汲《く》むことはない。

「それは……」

「ペルデも呼んで、皆でゆっくり話しましょう？　ね？」

もう一人の幼なじみの名を挙げ、彼女は笑う。

それはとても素敵なことだろう。気心の知れた友人に囲まれ、楽しくお茶をし、話をする。

メリア――妹も招待には喜ぶはずだし、ペルデもおそらく断らないはず。

幼なじみ同士、身分の差を越え、かつてのように交流する。

彼女にとっては素晴らしい光景。……だが、首を縦に振ることはできない。

「……殿下」

「どうしたの、ディアン？」

腕に込められる力が僅《わず》かに強くなる。いや、そう思っただけで、実際に変わったのはディアンの気持ちか。

頷《うなず》くのは簡単だ。楽しみです、是非《ぜひ》ご一緒に、と。断れば、また咎められてしまう。

だから、今だけ頷き、笑い、この場を凌《しの》げばいい。

それだけでいい、はずなのに。

「お気持ちはありがたく。ですが……」

「それはいい。俺もメリア嬢には会いたいと思っていたんだ」

柔らかな声色。されど、そこに仕込まれた棘《とげ》は、隠すことなくディアンを突き刺す。

複数の足音は真っ直ぐ二人のもとへ。不快に満ちた青い瞳は、掴まれたままの腕からディアンへと移る。

「ペルデを呼ぶのもいいだろう。……だが、そこの加護なしが来ることだけは許さない」

「……お兄様」

寄せられた眉間《みけん》は、模擬戦のあとよりもずっと深く、このまま刻まれるのではないかと思うほど。

その感情を取り除く唯一の方法は、サリアナがディアンの腕を放すことだけだが、可憐な指は彼の腕に食い込んだまま。

引き剥がすことも振り払うことも許されない男にできたのは、その感情を受け止めることのみ。

何も言えずにいるディアンに対し、ラインハルトは笑みさえ浮かべ始める。そこに込められた意味は、どう解釈しても呆《あき》れであろう。

「あんな無様な姿を晒したあとで、よくもそんな顔ができるものだ」

そんな顔、とは一体どんなものか。ここに鏡があれば確かめられるが、見ずともひどいという自覚はある。

表情に出さないよう耐えていたって、滲む感情を読み取るくらい彼なら容易なこと。

それなら、自分が望んでこの場にいるわけではないことにも、気付いてもらえないかと。不《ふ》敬《けい》と思われかねない望みが頭をよぎったところで、腕の痛みがそれを掻き消す。

「お兄様、なぜディアンにそこまでひどくあたるのですか」

強く訴える声も、残念ながら彼には届かない。

なぜ、と問われれば、誰だって答えられるだろう。そして、知らないのは問うた本人だけだ。

湧き上がるのは、庇われた喜びではなく、余計に怒らせてしまうという諦め。

話が長くなると嘆けば、期待に応じるように鼻で笑う音が鼓膜を揺する。

「私が好きでそうしているとでも？　そこの恥知らずが身の程も弁えず、お前付きの騎士になりたいなどと言わなければ、私もそんなことはしない」

「ディアンだって努力しています！　今はお兄様には敵わないかもしれませんが、彼だって必死で……！」

今は、ではなく、これからもだろう。

努力、いつか、必ず。もう何度も繰り返した問答だ。

それなのに、言われるほど重くのしかかるその正体を、ディアンは名付けることができない。

重責《じゅうせき》、屈辱《くつじょく》、怒り。

そのどれもが当てはまらないが、良い感情でない、ということだけは嫌というほど分かっている。

「私に勝てなければ許さない、とは言ってないだろう。だが、そいつが誰かに勝ったことはあったか？」

「それは……」

「座学で基準点を取ったことは？　魔術は？　……どれもこれも、人並み以下の奴が騎士になれると？」

反論できない。できるはずがない。

どれだけ庇われようと、ディアンがどうしようもない落ちこぼれなのは事実。

努力はしている。努力は、しているのだ。されど、結果が出ないのなら自己満足でしかない。

ラインハルトの後ろに控える者も、サリアナを守っている者も、洗練《せんれん》された騎士たちだ。

どれだけおかしくとも顔に出すことはないし、それを悟らせることもないだろう。

ディアンとはあまりにも違いすぎる。いや、比べること自体が愚かしい。

「っ……それでも……」

震える声が否定する。一国の王女にここまで気にかけてもらえるだけで身に余ること。その優しい心に感謝し、涙を流すのはディアンであるべきだ。

しかし、込み上げる感情は重々しく、どうしても喜ぶことはできない。

もう分かっている。分かっているのだ。このあとに続く言葉も、なんと返されるかも。

そして、自分がこのまま口を開かずにいる方が、早く終わることも、全て。

「それでも、ディアンならなれます。だって、約束したのですから……！」

「……またそれか」

吐き出された息の深さが、心労《しんろう》を窺《うかが》わせる。もはや怒る気力さえも尽きかけているのだ。

「お前がなんと言おうと、そいつに自覚がなければ、話にならない。加護もなければ実力もない、それなのに理想だけは一人前とは。言うだけで叶うと思っているのならば、随分と幸せなことだ」

「そんな言い方……！」

「身の丈《たけ》に合わない夢を抱くのは勝手だが、そんな道化と同じ英雄の息子として見られる、私の気持ちが理解できるか？」

近づく足音は高らかに。伸ばされた手に突き飛ばされ、よろめく間にはもう、サリアナを守る白い壁はそこに。

鎧《よろい》の反射光に目を細めても、見えるのは抑えようのない怒りだけ。

「恥をかかせるのは、自分の父親だけにしろ」

自分を、お前の妹を。そして、この国を巻き込むなと。

吐き捨てられた声に、やはり反論することは許されず。頭《こうべ》を垂《た》れ、遠ざかっていく背を見送るだけ。

「ディアン！」

「お前たちも何をしている。早く連れて行け」

「はっ。……サリアナ様、こちらへ」

まだ振り返って見つめているのか。視線の先は鎧に阻《はば》まれ、絡むことはなく、もとよりディアンは地を見つめたまま。

道を空けるために脇に逸れ、もう一度腰を折る。身体に染みついた行動に抱く感情は、何もない。

車輪と蹄《ひづめ》の音が通り過ぎれば、残るのは野次馬たちの話し声。噂。嗤い。雑踏《ざっとう》。

……今日の話題としては、もう十分だろう。

開いた瞳はまだ光に焼かれ、明滅《めいめつ》を繰り返す。その合間に見える鎧の幻覚が、網膜《もうまく》にこびり付いて離れない。

輝くのは、汚れを知らぬ白銀《はくぎん》。護衛騎士にしか許されない王家の鎧。騎士を目指す者ならば、誰もがあの光に憧れる。

だが、ディアンの胸に込み上げるのは、憧れでも、諦めでもない。

それを纏っている姿を思い浮かべられないのは、自分の実力が足りないからではなく、その内に湧く疑問のせい。

……いつから、こうなってしまったのだろう。

こんなにも胸は重いのに、頭の中は飽和しているような感覚に支配されている。

漠然とした疲労に犯《おか》された脳では、答えを出すことはできず。そして、出たところで、なんの役にも立たない。

仕方がない、と諦め、踏みだした足は、とても駆けだせる重さではなかった。

◆◇◆◇◆

ディアンの心境がどうであれ、太陽は輝き、往来《おうらい》は賑《にぎ》わう。

道を駆け回る幼い子ども。籠《かご》を片手に話に花を咲かせる女性。木陰《こかげ》で読書に勤《いそ》しむご老人。

各々の時間を過ごす平民より多く見かけるのは、武器を携えた者……ギルドの構成員だ。

冒険者協会。通称ギルドと呼ばれる組織は、民によって運営されている。

平民や商人、時には貴族。重大な案件になれば、国が絡む依頼を集約し、構成員の適性に応じて振り分けるのが主な役割。

家事代行や薬草集めといった下働きのようなものから、護衛や警備、魔物の討伐に至るまで。依頼主が多いため、その内容も多岐《たき》にわたる。

一人でこなすか、チームを組むか。人によって変わるが、どちらも功績によって受けられる任務が変わってくる。

実力が認められれば、それだけ報酬の高い依頼を受けることも可能。

管轄《かんかつ》こそ国で分かれるが、名声《めいせい》に壁はない。ほんの一握りの、それこそ英雄と呼ばれるような者たちは、どこへ行こうとも、名を知られている。

だからこそ、己の腕に自信がある者は、ギルドの門をくぐり、高みを目指すのだ。

必要以上の規律《きりつ》に縛《しば》られず、自分たちが生きたいように生きる。実際はそうでなくとも、子どもの目には、王家の鎧よりも、彼らの生き様の方が輝かしく見える時もあるのだ。

他の街にある支部を合わせれば、構成員は優《ゆう》に千を超えるだろう。その拠点全てを統括《とうかつ》しているのが、この城下町にある中央ギルドだ。

横目で見やった入り口に並ぶ列は、日が傾くにつれて長くなるだろう。

ここは、ディアンにも関わりが深い場所だ。だからこそ、入ることはないし、あの列に加わることもない。

誰かに見つかる前に、と急ぐ足を迎えたのは、鮮明に聞こえる水しぶきと小さな虹。

円形に開けた広場。中央に備えられた噴水は、無数の人影の中でも埋もれることなく、存在を主張している。

定番の待ち合わせ場所。主要施設への最も分かりやすい目印。

そして、ディアンが目指していた場所も、探すまでもなく、そこにあった。

広場の東。高くそびえ立つ建物。最も高い場所に掲げられる紋章《もんしょう》は、この世界にいる者なら誰だって知っている。

照らされる太陽を模《も》した円は、精霊王オルフェンを表すシンボル。

重々しい扉は開放され、ディアンの位置からでも窺える内部に人はまばら。

そここそが目的地――オルレーヌ聖国の教会だった。

この世界で最も精霊界に近いとされる場所。それこそが、聖国オルレーヌ。

諸国でも数少ない女王陛下が統治するかの国は、建国から数千年以上。現在に至るまで、代が変わっていないという。

あくまでも噂と一蹴《いっしゅう》できないのは……その女王陛下が人ではなく、精霊と人の間に生まれた存在だからだ。

完全な精霊ではなく、されども人でもない。本来なら精霊界にいてもおかしくない彼女が、なぜ人の世に留まっているかは、国民に対しても明かされていないという。

教会もギルドと同じく、各地に存在しているが、教会は聖国によって管理されている。

精霊と人間の調和を主とし、求める者に救いの手を差し伸べる。精霊に関する全ての事項は、例外なく教会の管轄となるのだ。

精霊についての一切の権限を掌握《しょうあく》し、何があろうと、決して女王以外に従うことはない。

各国は、精霊に関係する事柄に対して、例外なくかの国に報告する義務がある。

代わりに、聖国は教会を通じて、各国を支援する。それが互いに結ばれた協定であり、この先も揺らぐことのない盟約《めいやく》。それはすなわち、精霊との誓約《せいやく》と同義。

今までも、そしてこれからも、破ってはならない禁忌《きんき》。

支援の内容は様々。精霊に関する書籍を公開しているのは、その一つに過ぎない。

どの座学も平均点以下なのに、無意味な範囲まで求める余裕はあるのかと、囁きかける幻聴《げんちょう》に首を振る。

そんなことをしている暇があれば剣を振れ、教本を開き正しく取り入れよ、と。何度も聞かされた言葉が繰り返されても、足が止まることはない。

それでも調べなければならないことだと、内側から絞り出した否定は、苛《さいな》む声を振り払うには、あまりにも弱々しいもの。

「おい、あれ。ギルド長様の息子じゃないか？」

そんなディアンを追い込まんとする声は、視界の端、ジョッキを掲げていた集団の一人から。

赤らんだ顔はアルコールのせいだろう。こんな昼間から、なんて咎める者もいなければ、次の言葉を遮る者だって。

「あ？　……あぁ、落ちこぼれの」

「加護なしが教会になんの用かねぇ。崇《あが》める精霊様もいないだろうに」

「そりゃあ、加護をもらうためじゃねえのか？」

「英雄の息子つっても、あれじゃあ名前負けしてるよなぁ」

違いないと、ゲラゲラ笑う声はディアンに聞こえているとは思っていないのだろう。

そんな心ない言葉より、反応した周囲の方が突き刺さる。

囁き合う声が届く前にと、早足で滑り込んだ教会の中には、光が満ちていた。

細《こま》やかな彫刻《ちょうこく》が施された柱の上。吹き抜けの二階と、天井に開けられた大きな窓。

正面の高い位置に填《は》められたステンドグラスから、惜しみなく降り注ぐ太陽は、まるで訪れた者に祝福を与えているようだった。

邪《よこしま》な者であれば、進むことさえためらう通路は真っ直ぐ続き、両脇に並べられた長椅子に、人影はまばら。

基本的には、己に加護を与えてくださる精霊へ祈るが……もう一人、崇拝することを許された精霊がいる。

通路の終点。小さな段の、そのさらに奥。光を背にした巨大な影。誰よりも高い位置から、自分たちを見守っている、精霊王オルフェン。

正確には、彼を模《かたど》った石像がそこにあった。

草で編《あ》まれた冠《かんむり》。鎖骨《さこつ》まである癖《くせ》がかった髪。鋭くも優しい目付き。

どの教会にも必ず置かれているが、ここまで大きいものは他にはない。

とはいえ、他の街にすら行ったことのないディアンに、比較はできない。

あくまでも他人の意見。実際に目にすれば、考えも変わるだろう。

今でこそ普通に見られるが、幼い頃はあまりの大きさに恐ろしさすら抱いたものだ。

田舎《いなか》の方ではこの半分……いや、人よりも小さいとか。少し朽ちているとか。

重要なのは大きさでも見た目でもなく、それが精霊王を模った像である、という事実。

進めた足は段差の前で止まる。ここより先に踏み込めるのは、教会の者か、その日に洗礼を受ける者だけ。そして、洗礼を受けられるのは午前中と定められている。

見上げた像は、本物の精霊王と同じ姿なのか。これも人間たちの想像によって造られたのか。厳しくも優しいはずの瞳は、こちらを睨みつけているようにも見える。

いや、ディアンが。ディアンだけがそう感じてしまうのだ。

あの時、この先で跪《ひざまず》いたあの日から、ずっと。

『――加護をいただけなかった……⁉』

もう十年以上も前のことなのに、今でも鮮明に思い出せてしまう。

動揺する声。二階まで埋め尽くした大人たちがどよめく姿。……失望する、父の表情まで。

忘れたくても忘れられない。忘れることは、許されない。

どれだけ耳を澄ませても、どれだけ祈りを捧げても、精霊の声が聞こえなかったあの日こそ……ディアンが現実をつきつけられた日なのだから。

「あら。こんにちは、ディアン君」

光が散り、瞬きを一つ。それからようやく首を動かし、呼ばれた方へと振り返る。

蒼《あお》を基調とした裾の長いスカートに、後ろ髪を隠している同色のベール。僅かに覗くその前髪も、視界の妨げにならないよう中央で分けられていた。

普段通り微笑むシスターに、声は返せても、同じように笑うのは、どうにも難しい。

「……こんにちは、ミヒェルダさん。今日も書庫をお借りしても？」

「ええ、もちろん。あなたなら、いつでも使っていいのよ？」

「ありがとうございます。……でも、これは癖みたいなものです」

今日は断られるかもしれないと、よぎった不安は、いつもの笑顔で否定される。

確かにそう言われたことは記憶に新しいが、声をかけるのは最低限の礼儀だ。

快《こころよ》い返事に胸が軽くなり、会釈《えしゃく》をすると、思い出したように腹が痛む。

思わぬ不意打ちに、抑えたはずの呻《うめ》きも、静かな空間ではよく聞こえてしまったらしい。

「あら、どこか怪我を？」

「っ……いえ、大したことではないので」

嘘を吐《つ》けば追求され、正直に言えば心配させてしまう。

教会の関係者は治癒《ちゆ》魔法が使えるので、事情を話せば治してもらえるだろう。

言わなかったのは、父親に伝わるのを懸念《けねん》しているのではなく、僅かなプライドから。

他人からすれば抱く価値もないほどの小さな感情だ。知れば鼻で笑われるか、呆れられるか。

彼女がそんな対応をするとは、ディアンも思っていない。心の中では、なんて見えない部分を疑っているのでもない。

単に知られたくないだけ。心配させたくないだけ。たった、それだけの我儘《わがまま》。

「そう。……無理はしないでね」

「……はい、ありがとうございます」

お辞儀を一つ、それから抵抗なく開いた先に身体を滑り込ませた途端、鼻をくすぐったのは古い紙の匂い。

薄暗い空間に目を凝らすと、まず等間隔に並んだ本棚に出迎えられる。それから通路を辿って横に逸れれば、閉めきられたカーテンの隙間《すきま》から差し込む光にも。

この状態で誰かがいるとは思えず、遠慮なく息を吐き出す音に混ざるのは、寄せたカーテンの響き。

光が満ちると、ようやく部屋の全貌《ぜんぼう》が明らかとなった。

壁一面に填め込まれた棚と、隙間なく詰められた無数の本。並べられている棚共々、その中身は整然と区分けされている。

端に点在する机と椅子は、読書用に設けられたものだ。

他と比べても狭い部屋だが、少しでも顔を上げれば、実は小さくないことに気付くだろう。吹き抜けになっている部分は、ここから見ても四階以上はある。その壁にも、そして置かれている棚にも、空白と呼ばれる部分は存在しない。

あまりにも膨大な量の書物に、初めて訪れた時は目眩《めまい》を覚えたものだ。

こんなに沢山の本なんて、一生かかっても読み切れない。だが、自分が知りたい情報は、必ずここにあるはずだと。

無差別に取った本のページを夢中で捲り、得られる情報に喜んでいたのは、何歳までのことだったか。

圧倒される光景は、この先も慣れることはないだろう。

……この十数年通い続けた今でさえそうなのだから。

階段を上り、折り返して壁の隅へ。三階に置かれている本も、あとはこの棚だけになってしまった。

机に向かうことさえ惜しく、立ったまま文字を追いかける。話し声も聞こえない。外の喧騒《けんそう》も届かない。規則正しい自分の鼓動と呼吸。入ってくる文字だけが支配する世界。

この瞬間が、ディアンにとって一番落ち着く時間だった。

ここには嗤う者もいなければ、蔑む者もいない。指をさす者も、睨みつける者も、好き勝手に噂を流す者だって。

……だから、蘇《よみがえ》る言葉は、ディアンの頭の中にだけ。

加護なしが。英雄の息子なのに。落ちこぼれ。

もう、何度も言われてきたことだ。この街の誰もが知っている。そして、誰もが囁いている。

どうして英雄の息子は、ああなってしまったのかと。


精霊創世記。この世界が精霊王オルフェンによって創造されたことは、幼い子どもでも知っていることだ。

全てのモノは、かの存在によって創造され、だから自分たちもこうして生きている。

だが唯一、望まずに産まれたものがあった。

それこそが、魔物と呼ばれる存在。

人でも動物でもない異形《いぎょう》のモノ。言葉は通じず、好戦的で殺意が高く、自分たちの生活を脅《おびや》かす存在。

精霊王が光であるなら、魔物は闇。光が強くなるほどに、影が濃くなるのは道理。

オルフェン王がどれだけ尽力《じんりょく》しようと、魔物を排除しきることは不可能だった。

故《ゆえ》に、オルフェンは人間たちに力を分け与え、魔物に対抗する術《すべ》を授けてくれた。

それが加護の始まりであり、洗礼の意味である。

絵本ならここで話は終わるが、ディアンに関わりが深いのはこの先。

数百年に一度。スタンピードと呼ばれる、魔物の力が強大になる時期が定期的に訪れる。

種族を越えて集団で行動する彼らは、この時期通常よりも凶暴になり、知能の高い個体も多くなるという。

そして、二十年前。ノースディアも魔物の脅威《きょうい》に晒《さら》されていたのだ。

いくつもの命が魔物によって奪われ、失われた物はあまりに多く。

誰もが嘆き、絶望し――そんななか、決して諦めない男たちがいた。

人間の力では対抗できないならば、それこそ人ではないモノの力が必要なのだと。

そうして彼らは魔物に対抗する力を得るために、精霊王に謁見《えっけん》し……授かった特別な加護の力で見事魔物たちを退《しりぞ》けたのだ。

そう、彼らは……のちに英雄と呼ばれるようになった男たちは、正しく洗礼を受けることのできた、限られた存在なのだ。

現在、人間が精霊の加護を賜るには、教会で洗礼を受けるしかない。

それは人生のうちで二度だけ。初めは六歳、次は成人となる十八歳の時に祈りを捧げ、己を加護してくださる精霊の声を聞く。

洗礼者は、囁かれた名を司祭に報告し、司祭はその精霊が何の力を司《つかさど》っているかを伝えるのが一連の流れだ。

加護を受けてからの十二年間。精霊は授けた加護に相応しい者であったかを、その間に見極め、十八歳からは第二の生――つまり、大人としての人生を歩むこととなる。

最初と違う加護を授かることも珍しくないし、滅多にないが、二つ同時に授かる者もいる。

人間は、少なくとも一つ、最低でも一人の精霊から祝福されて生きていくのだ。

例外など存在しない。存在しなかったはずだ。

……ディアンが加護を授からなかった、あの日までは。

加護なしと罵る声は、やはり頭の中からのみ。

囁かれる全ては、受け入れなければならない評価だと分かっている。目を背けようとすればするほどに、現実は容赦《ようしゃ》なく突き刺さり、より深く心を抉《えぐ》ってくるのだ。

誰よりも弱く、教養すらない男。どれだけ時間をかけようと、彼が得られるものは何もなく、全てが無駄。

それなのに騎士を目指している、救いようのない恥知らず。

何十回、何百回。きっと、何千回だって囁かれる評価を、悔しく思わないわけがない。

努力はしている。誰よりもなんて豪語するつもりはなくとも、剣を振り、教本を読み込み、問題を解いては答えを確かめ。

されど、その苦労が実ることはない。

まだ努力が足りない可能性もある。もっと真剣に、それこそ何も考えられないぐらい取り組まなければ、自分のものにできないのかもしれない。

……だが、それ以上に、自分は騎士には向いていないのだろう。

そう考えることこそ、逃げなのだろうか。適性ではない。自分では到底敵わない。

だからこの評価も仕方のないことだと。言い訳をすれば、それで気は楽になるだろう。

しかし、どれだけ適性がなくとも、成功している者はいる。それこそ、血の滲むような努力と、途方もない時間をかけて。

それはディアンが考えている以上に、苦しく、辛《つら》く。想像すらできぬほどに険しい道なのだ。

だから、向いていないことは、言い訳にはならない。

もっと努力をすればいいのだと、父ならそう叱るであろう。

剣を振り、知識を身につけ、そして……騎士足り得る者にならなければ。

騎士になり、サリアナ付きの護衛騎士になる。たとえディアン自身がそれを望んでいなくても、それ以外に許された道はないのだから。

……ならば、どうしてここにいるのか。

ここにあるのは、試験にも出ない精霊の書物ばかり。教会の者さえも、普段は読むことのない、限られた範囲のもの。

成績のためなら読む価値はない。誰が見ても無駄であると、そう分かっている。

……だが、誰でもない。ディアンにとっては、どうしても必要なこと。探し続けているのだ。十年前、自分で探すと決めたあの日から、ずっと。

「――今日も熱心だね」

響いた声に顔を上げ、床の軋《きし》む音に方向を正す。そうして遮られる窓の光で、その姿が想定よりも近かったことを知る。

白いローブに施されている蒼の装飾。普段は帽子で隠されている茶色は、刈り揃《そろ》えられた後頭部まで隠されることなく。

目尻の下がった目蓋《まぶた》から覗く赤褐色《せきかっしょく》の瞳を、血にたとえて恐ろしいと言う者もいたが、ディアンにはたき火を連想させる。柔らかく、暖かな、寒い夜に自分たちを照らす光であると。

穏やかな笑みは数分前のシスターと同じように見えて……それよりも優しく感じたのは、かけられた声が柔らかかったからだ。

レディなら見惚《みと》れていたところだが、声をかけられたのも微笑まれたのもディアンだ。

「司祭様」

慌《あわ》てて本を閉じ、礼をする。このあとの言葉も予想できたが、染みついた習慣は簡単に止められない。

「どうか楽にしてください。邪魔をしに来たつもりはないんです」

困らせるつもりはなかったんだと、そう苦笑する表情を見るまでが様式美。

グラナート・オネスト。精霊の中でも強大な力を宿すとされる大精霊のうち、炎の精霊から加護を賜った者。

二十年前に魔物たちからこの世界を救った英雄であり、この中央教会での最高権力者。

本来なら最年少で司祭になれるほどの実力を持ちながら辞退し続け、先代の司祭が退位されるまで見返りを求めぬまま尽くした聖人。

そして……ディアンにとっては、父親の親友でもある。

一つだけでも十分なのに、これだけの理由が揃えば、頭を下げるのも当然だ。

本人がいいと言っても、ディアン自身がそれを許せない。

「それで、今日はどの本を？」

いつものやり取りを終えると、聞き慣れた質問に対し、手元を確かめる。

無意識に読み進んでいたとはいえ、求めていた情報が手に入りそうにない題名に、次に眉を寄せたのはディアンの方。

「海の精霊についてです。人間を嫌っていることは分かっているんですが……」

精霊が全員、人間を好んでいるわけではない。動物や他の種族に祝福を授ける精霊も存在しているし、嫌っている種族をわざわざ伴侶《はんりょ》とする可能性は低い。

言葉を濁《にご》せば真実は紛《まぎ》れ、都合良く解釈されるだろう。

ディアンの場合は、それを狙っていたわけではなく、それ以上言葉が出なかっただけだが。

「確かに、可能性から考えれば低いでしょうね。でも、決して無駄にはなりませんよ」

どう捉えられたかはさておき、司祭にディアンを馬鹿にする様子はない。

柔らかく微笑んだまま、伝えられる言葉は全て温かく、自然と力が抜けていく。

「ペルデも、君を見習わないといけませんね」

他人の息子を褒め、自分の息子を下げるのはよくあることだ。司祭も一人の父である。そのあたりは変わらないのだろう。

そう、お世辞と分かっている。分かっているのに、ここでも傷を抉られる気になるのは、自分の未熟さが故。

逃げるのは恥か。しかし、これ以上続けたいとも思えず、何か話題はないかと彷徨《さまよ》わせた瞳に映るのは本だけで、ディアンの味方になりそうなものはない。

いや、とりあえず海の精霊について掘り下げれば、彼もこれ以上追求しないはず。

グラナートは司祭だが、ディアンの精霊学の先生でもあるのだ。

教え子の質問を無視することは、おそらくないだろう。

「ところで、怪我をしているとか」

では、肝心の内容はどうするか。

聞きながら考えようと、合わせたはずの視線が再び逸れる。そうするべきではなかったと後悔しても、もはや手遅れ。

心配していたシスターが、彼に報告しないはずがない。知られたくないというのはディアンの我が儘で、善意からの行為を咎めるのは違う。

忘れかけていた痛みが込み上げると、もう気になるのはそればかり。

「いえ、大した傷では。それより質問しても？」

否定すれば嘘だと気付かれる。怪我をしていることは認め、痛みはないと申告するのが最善だ。

見せるほどの傷ではないし、それよりも勉強したいのだと、見やったページが本ごと消える。

「もちろん。あなたの傷を見たあとでいいなら、いくらでも」

パタン、と。音を立てながら閉じたのはわざとだろう。そのまま棚に戻され、誤魔化《ごまか》す手段が封じられる。

「本当にただの打ち身で、見せるほどの怪我では……」

「本当になんでもないなら、私も治療まではしませんよ」

でも見るだけなら問題はないでしょうと、光の具合で赤く映る瞳が、ディアンを見つめる。

虚勢を張るならこの目から視線を逸らしてはいけないが、最初に逃げた時点で分《ぶ》が悪い。

そもそも、この人に口で勝てるわけがない。

溜め息こそ出さなかったが、諦めるしかなく。服の裾を捲《まく》り、そこで初めてディアンも惨状《さんじょう》を視認する。

「……うわっ」

歪《いびつ》な円形を描く赤黒い痣《あざ》。その周囲も異様に赤く、想像以上の状態に、出てしまった声を誤魔化し損ねる。

小さな溜め息は頭上から。見ずとも、その表情が良くないことは想像に容易《たやす》く。

「……これが大した傷ではないなら、大怪我の時はどう教えてくれるんでしょうね」

「み、ためは派手ですが、痛み自体は――っ」

伸ばされた手がおもむろに腹部に触れる。撫《な》でられただけで広がる痛みに息が詰まり、言い訳が途切れてしまった。

これのどこが痛くないのかと、咎められても返せる言葉はない。

「内臓まではいってないか……ああ、すみません。触りますよ」

もう触っていると、反論できないのは痛みのせいだ。

突き刺さるような鋭さと相まって、じわじわと広がる余韻がディアンを侵食していく。

これ以上情けない声が出ないように歯を食いしばっても、荒くなる呼吸を整える術はない。

周囲を照らす僅かな光は、司祭の手の中から。優しい光は数秒もすれば落ち着き、患部はみるみるうちに消えてしまった。

教会の者は全員が習得している治癒魔法。それも司祭となれば、こんなにも早く治せるのか。

数えきれないほど受けてきたが、その度に驚かされる。

もしディアンに治癒魔法が使えても、それこそ数十分はかかるだろう。

「王太子殿下ですね？」

疑問符こそ付いているが、確信している声だ。

もはや否定する気もなく口を閉ざしたまま。沈黙こそが最大の肯定だが、そうだと断言したくもない。

まるで拗《す》ねた子どものようだ。そして、それを苦笑する司祭も、幼子を見守る大人と同じ。

「お父様には言いませんよ」

「……いいえ、もう気付いています」

父親に怒られることを心配してくれたのだろうが、試合で負けたことはすぐに耳に入るはず。

どれだけディアンが隠そうとしても、周囲の者がそれを放ってはおかない。

それが善意からでないなら、なおのこと。

「……いつもすみません」

「そう思うのなら、隠そうとしないでください。それに、困っている方を助けるのは、我々の務めですから」

だから気にしなくていいと笑う顔は演技ではない。本当に、心の底からそう思っているのだ。教会の司祭は、その場凌ぎの忠誠や信仰心でなれるものではない。だから、ディアンに向けられている優しさも本物だ。

分かっているのに、浮かぶのは暗く、重い感情ばかり。

そう、教会は困っている者を助けてくれる場所。それは教会が精霊の代弁者であり、人間が精霊から加護を賜っているからだ。

できる範囲は限られているが、ほとんどの者がその救いを求める権利を与えられている。

加護さえいただいていれば。加護さえ、もらっているのなら。

「……それは、加護のない者にもですか」

「――ディアン」

零《こぼ》れてしまった言葉をなかったことにはできない。

低く呼ばれた名に身を強張らせ、慌てて本棚に目を向ける。片付けた本の位置を見つけられずに彷徨う目は、滑稽《こっけい》に見えていることだろう。

「すいません、失言でした。それより、先ほどの質問なんですが」

「ディアン」

身体が跳ね、指が滑る。鼓膜に響く声は強く、心臓が締め付けられる感覚に苦しむ。

これから続くであろう叱咤に構えた肩に手を置かれ、思わず見上げた顔に怒りはなく。

「司祭様……」

「ここからは、君の父の友人として話そう」

赤に覗かれ、しかし恐れはなく。

分かるのは、寄せられた眉の理由ではなく、そこに込めた感情が一言では表せられないことだけ。

「確かに君は、精霊から加護をいただけなかったし、それは前例のないことだ。だが、それは決して君が悪いわけではないんだ」

強張った手を握り返される。痛みはなく、魔法を使っていないはずなのに温かい。

「ですが……」

「周りは好きに言うだろう。だが、君には君にしかできないことがある。難しいかもしれないが卑下《ひげ》してはいけない」

咄嗟《とっさ》に出た否定は、込められた力で出てこず、緩《ゆる》く振られる首をじっと見上げたまま。

「自分だけでも、その努力を認めてあげるべきだ。……そうでなければ、きっと君は、潰れてしまう」

もう一度、振り絞ろうとした声が音にならない。喉が狭《せば》まって、呼吸さえ苦しい。

努力は、している。しているはずだ。自分ではそう思っている。

だが、その結果がついてこないのなら。その評価で潰れてしまうのなら、自分はその程度の人間ではないのか。

人並み以下の自分は、それこそ人一倍努力しなければならない。

この程度でくじけてはいけない。潰れては、いけないのだ。

「それに、君の精霊についての知識は既に僕らと同等だ。教会で務められるだけの力はもう十分備わっているよ」

「そんなことは、」

「では代々、与えられる加護が確定している家名は？」

突然の出題に一瞬呆《ほう》け、それから記憶を探る。確定している、となると……。

「……メーチ家、です」

「加護を与えている精霊の名と、その経緯」

「……剣、長剣の精霊クシフォス。創世記後半、魔物の討伐がまだ安定していなかった頃、メーチ家先祖との盟約により代々加護を与えるようになった。それは今も継続され、メーチ家は代々剣豪《けんごう》として知られている……」

見上げた顔が頷き、間違っていなかったことに安心する。

だがこの程度は、剣に携わる者なら誰でも答えられる話。

「では、クシフォスと兄弟と呼ばれている精霊は？」

「マヒェリ、ツェクリ、ドリ。短剣と、斧《おの》と、槍《やり》の精霊です」

そこまで答え、おや、と制止がかかる。

「トクソが抜けているね」

「えっ……で、ですが、トクソは弓の精霊で、確かに親戚ではありますが、兄弟というよりは従兄弟《いとこ》で――」

違わないと、否定をした途端に和《やわ》らぐ表情に、わざと指摘されたと気付いても遅い。

「確かに、それに携わる者なら、関係する精霊の生い立ちや詳細を知っているのは普通のことだ。でも、彼らがどう関係しているのか、どのような加護を与えるのか、名前と加護を正確に覚えるのは容易ではない。ちなみに、今のは教会の試験でも出た問題だよ」

「……ですが、学園の試験では……全く……」

今は本番ではないし、ここは学園でもない。正解できたのは比較的落ち着いていたからだ。

教会の試験の問題であっても、きっと簡単な方で……学園の試験で努力の成果を発揮できなければ、周囲はその通りに実力を評価する。

「試験の結果は、指標の一つにすぎない。私が言える君の欠点は、緊張しすぎることと、自己評価の低さだろうね。剣も魔法も筋は悪くないんだ。いざという時はちゃんと対応できるはず」

「……司祭様は、剣を扱《あつか》われるのですか？」

「これでも英雄と呼ばれているぐらいだからね。腕っぷしには自信があるよ。……他の二人には、さすがに負けるけど」

ほら、と捲《ま》くられた服の中。曲げた腕に乗り上げる逞《たくま》しい筋肉は、確かに父親には敵わないが、鍛えていることは間違いない。

鍛錬を積めば、自分もそうなれるだろうかと。比較しようとして止めたのは、それこそが無意味だったから。

「大事なのは、自分がどうしたいかだよ。他人が必要ないと言っても学びたいなら学べばいいし、剣よりも魔法を極めたいならそうすればいい。そして……どちらも自分の道ではないと思うのなら、止めてしまってもいいんだ」

「それは……」

「……無理に選ぶ必要はないが、候補の一つとして考えておくといい」

まだ若いのだからと、解放された肩に残っていた温もりが冷めていく。

何を指しているかは分かる。そして、それがいかに難しく、選べないことも。

道だけなら、それこそ数えきれないほどある。

……だが、不満を抱こうと、馬鹿にされようと、その終着点をディアンが選ぶことは許されないのだ。

「さて、話が長くなってしまいました。そろそろ質問を聞きましょうか」

口調が戻れば、雰囲気も戻る。穏やかな笑みに見つめられても、ディアンの心は重いまま。

「……いえ、今日はもう帰ります。長々とすみません」

窓の外はまだ明るいが、時計はもうじき夕方を示す頃合い。急がなければ日暮れに間に合わないだろう。

そう、逃げているわけではない。逃げる理由はない。だって、全部事実なのだから。

「ディアン」

扉に手をかけたところで声が降ってくる。見上げた先、赤い光は穏やかなまま。

「本当に辛いと思ったら、遠慮なくここに来なさい」

待っていますと、与えられた優しさに返事はできず。

部屋を出る前に、もう一度だけ礼をするのが、ディアンのできる精一杯。

「——あ」


扉を閉め、そのまま早足で抜けようとした彼を止める掠《かす》れ声は、正面から。

その姿を見て瞬《まばた》いたのは、ディアンも、その青年も同じ。

グラナートより色素の薄い髪、自分よりもやや高い身長。そして、一瞬合わさってすぐに逸らされた、榛《はしばみ》色の瞳。

グラナート司祭の息子であり、ディアンの……一応、幼なじみであるペルデが言葉を発することはない。

同じ英雄の息子。王太子殿下に比べれば立場は近いが、洗礼を終えてから言葉を交わした記憶は、この教会内でも数えられる程度。学園内など、それこそ一度あるかないか。

関わりたくない理由は考えずとも。それを責めるつもりはないし、咎めるつもりもない。

仮にも教会関係者だ。表だって言えずとも、人であるかぎり嫌悪を抱くことは避けられない。

「おかえりなさい、ペルデ」

「た、だいま。……また、来てたの」

温かな出迎えの挨拶《あいさつ》はミヒェルダから。それに対する返事に比べ、吐き出される声は小さく、されど迷惑さはありありと伝わってくる。

ペルデにとってはここが家だ。そんな場所に、避けている相手が無神経に、それもほぼ毎日、とくれば、誰だって不快に思う。

だが、ディアンにも、しなければならないことがある。

訪問は止められないが、少なくとも彼の前から去ることはできるだろう。

「もう帰る」

「そ……そう」

殿下と違い、不要な会話はいらない。

むしろラインハルトも同じ対応を望んでいるだろうが、実際にそうすれば、余計に怒らせてしまう可能性もある。

無難なのは近づかないことだが……と、そこまで考えて、ここに来る前の一連を思い出す。

伝えるべきか否か。僅かな葛藤《かっとう》の末、再び足を止めたのは気まぐれから。

「そういえば」

「っ……なに」

まだ話があるとは思わなかったのだろう。明らかに動揺し、拒絶する声色《こわいろ》に苦笑すら浮かばない。

それでも目を合わせるのは礼儀だと向き直ると、鋭い榛色は一瞬だけ絡み、すぐに逸れる。

「近々、サリアナ様から招待されるかもしれない」

「……ど、うして」

「妹を口実に集まりたいようだ。実際どうなるかはわからないが……一応、伝えておく」

あの様子だと、実行されるのも殿下が抑えきるのも、可能性としては半分ずつ。

いや、メリアに対して甘い彼なら、お茶会自体は止めないだろう。問題はその招待者だ。

「き、きみも、来るの」

気にしているのはディアンだけでなく、目の前の青年も同じ。

よほど同席したくないのだろう。教会従事者として胸の内は隠すべきだが、ディアン以外にはちゃんとしているはず。

彼に対して害を与えた記憶はないが、好意的に思われることもしていない。

だが、特に理由は必要ない。嫌われているなら近づかない、互いに必要なのはそれだけ。

「……僕は命令に従うだけだ」

煮え切らない返事が不満だろうと、眉間の皺《しわ》が深くなろうと、それが全て。

そもそも、本当に行われるかわからない茶会について、これ以上話すこと自体が無意味だ。

話は終わったと、今度こそ足を進める。

ようやく開いた扉から差し込む光は、ディアンの不安を払うには至らなかった。

◆◇◆◇◆

家に着く頃には、景色はもう茜《あかね》色に染まっていた。

屋敷の壁も、屋根も、全てが赤一色。

普段よりも遅い帰宅だが、日が落ちきる前に戻れたことに安堵《あんど》はできない。

心臓が早鐘を打つ理由は、早足で帰ってきただけではない。滲む手汗をズボンで拭《ぬぐ》い、一つ、大きく息を吐く。

まだ父は戻っていないだろう。そして……妹はいつも通り過ごしているはず。

扉を開けた先、見慣れたエントランスこそ広く、明るくとも人影はない。

出迎える者がいないのはいつものことだ。

あと少し遅ければ誰かが立っていただろうが、その口から迎えの言葉をかけられるとは思えない。

現に、目の前を通りかかったメイドも、ディアンを一瞥《いちべつ》しただけで、お辞儀すらしないのだから。

「……メリアは部屋にいますか」

メイド、といってもこの屋敷に仕えているのではない。

彼女、ないし彼らが敬う相手はここの主人とその娘だ。

同じ家族でも、ディアンはその対象に含まれない。最低限の敬意こそ示すが、期待するだけ無駄だろう。

「ご自分でお確かめになっては？」

「……そうします」

鼻で笑われる気配に、怒りを抱くことはない。

ディアンが彼らに何かしたわけではないが、彼らがディアンを嫌うだけの条件は十分揃っている。

出来損ない。加護なし。英雄の面《つら》汚し。

挙げるだけキリがないと、階段をのぼる度に鼓動が早くなっていく。

向かって正面、自分の部屋には戻らず、左を向いて真っ直ぐ。屋敷の最も奥に二つの影。近づくにつれて鮮明になる姿は、見て確かめるまでもなく。

照明に反射するのは王家の象徴である赤の装飾。一人は扉の前に、もう一人は廊下を遮るように。

剣を携《たずさ》え、無心に見つめているものはそれぞれ違えど、果たすべき役目は同じ。

仕事とはいえ、変わらない景色を見続けるのは苦痛だろう。

廊下と壁に飾ってある絵画、見続けるのはどちらがマシか。答えは出ないまま、いよいよ近づいた扉から聞こえる声に、息を一つ。

無言のまま横に逸れた騎士に会釈《えしゃく》し、伸ばした手で刻むリズムは三つ。

「誰？」

「……僕だ、入るよ」

一瞬の静寂。断られないことを確認してから捻《ひね》ったノブはやたらと重く、鈍く。

ようやく開いた先、まず飛び込んできたのは一人で寝るには広すぎる天蓋《てんがい》付きのベッド。飾られた色とりどりの花と、大きな窓から差し込む眩《まぶ》しい夕日。そして、中央に集まった影。

二人のメイドに囲まれているのは、まるで絵画から出てきたような可憐な少女であった。

シルクのように美しいプラチナブロンド。煌《きら》めく薄桃色は、精霊からの強い加護をいただいた証。

大きく開いた瞳は、同じ色の宝石を並べても劣らぬほど透き通った緑。

小さな唇は薄く色付き、それらを縁取る肌は陶磁器《とうじき》かと見間違うほど。

カップにかけられた指はあまりに細く、覗く手首は今にも折れてしまいそうだ。

誰が見ても可愛らしく、美しいと称《たた》えられる少女。

その姿を見た誰もが、彼女こそ『精霊の花嫁』だと理解するだろう。

そして、同時に……ディアンの妹である事実を否定したがるのだ。

テーブルの上に並ぶ焼き菓子から、メリアに視線を戻せば、すかさず新緑に睨みつけられる。

ついでに言うなら、冷ややかな視線が二人分加わっているが、何人増えようと関係ない。こうなることは、入る前から分かっていたこと。

「ただいま、メリア」

それでも名を呼べば、大きな溜め息が一つ。不快さを隠そうとしないのも、今に始まったことではない。

「おかえりなさい、お兄様。……帰ってこなくてもよかったのに」

せっかく楽しく過ごしていたのにと、顔を背ける姿さえ、他者には愛らしく見えるのだろう。

ディアンにとっては実の妹だ。可愛くないわけではないが、無条件にそう思えるほどでもない。

「勉強したくないだけだろう。……出かける前に渡した本は?」

「あれなら捨てたわ」

カップを傾け、淡々と告げられる内容に頭痛を覚える。

予想しなかったわけではないが、まさか本当にそうするとは。

「興味がないからといって捨てるのは止めなさい。本だって無償じゃないんだ」

「あんなの読んでもつまらないわ！　そんな物を渡すお兄様が悪いんじゃない！」

どれだけ分かりやすく纏められていようと、彼女の興味を引かなければ、捨てられてしまう。

それも、一度や二度ではない。

何度も注意し、咎めてきたことだ。そして、その度に怒鳴り返されるのも、毎回のこと。

小鳥の歌と比喩《ひゆ》される声も、こう叫ばれては台なしだ。

そうさせているのはディアンだが、だからといって折れるわけにはいかない。

控えるメイドは口こそ出さないものの、向ける視線はさらに鋭く、冷たく。

外には騎士、中ではメイド。本来は平民であるはずの彼女がここまで守られているのは、メリアの立場が特殊であるが故。

……『精霊の花嫁』

数百年に一度、精霊は人間たちの中から伴侶を選び、その者が成人した日に、精霊界へ迎え入れるという。

通例であれば、洗礼を受けた者の中で、精霊に見初《みそ》められた者のみがなれる名誉。だが、メリアはその中でも特別だ。

かの大戦において、英雄たちは特別な加護を賜ったが、何事にも対価は必要。

『お前たちの子を、我が息子の花嫁とするならば、力を授ける』

英雄たちが謁見《えっけん》した際、精霊王オルフェンは見返りを求め……そして、メリアは産まれる前から『精霊の花嫁』となることが定められた。

問題は、その相手となる精霊が誰か、わかっていないこと。

『花嫁』という立場上、洗礼は教会ではなく厳重な警備のもと、王城で行われたという。

その場に立ち会えたのは、当時の司祭とグラナート、そしてディアンの父とメリア本人。

全て人づてに聞いたことだが、前例がないことに変わりはない。

そもそも、息子という概念も、精霊には不確かなもの。オルフェン王の分身、という意味合いならば、候補は絞りきれないほど。

一番存在が近いと言われているのは、最初に作られた分身である、炎のデヴァスと、同じ大精霊である愛のフィアナだが、どちらもありえないこと。

デヴァスは既に水の精霊と番《つが》っており、精霊記にも愛妻家として知られている。

フィアナに関しては……自身の特性に逆らわず、愛多き存在なのだ。

婚姻《こんいん》を結んだ回数も、別れた回数も数知れず。あまりの多さに婚姻が禁じられるまでに至ったというのは有名な話。

なら、一体どの精霊がメリアを伴侶とするのか。それこそが、ディアンが教会に通い続けている最たる理由だ。

とはいえ、授かった本人に名を明かしていないのなら突き止めることはできないし、『花嫁』に関係することは基本的に秘匿《ひとく》となり、家族であっても明かされぬことは多い。

姉や妹がいたならともかく、かの英雄の娘は一人だけ。

彼女以外に花嫁の候補がいないなら、精霊側に何か特別な事情があったのだと、話はそれで片付けられたのだ。

だから、最初に洗礼を受けてから今に至るまで『花嫁』は大切に育てられ、これからも変わることはないだろう。

今年でメリアは十六歳。本来ならば学園に通っている年齢だが、安全面を考えて入学していないこと自体は、ディアンも納得している。

……問題は、その本人が全く勉強をしないことだ。

文字こそ覚えたが、読むのは大衆向けに面白おかしく書かれた娯楽小説がほとんど。学術書など渡せば、捨てるか破られているか。

教師を呼ぶこともなく、毎日お茶をし、散歩をして、時々街へ。

つまり、自分がしたいことだけを、好きなだけしているのだ。

それを悪いとは言わない。彼女がこの世界を離れるまで残り二年。人として過ごすにはあまりにも短い期間を、悔いのないように過ごさせたい気持ちは父とも一致している。

……しかし、それは最低限の知識を備えたうえでの話。

魔術の知識がないのはいいとしよう。他国についての知見が浅いのも、まだ目を瞑《つむ》れる。

だが、精霊についても学びたくないとなれば、話は別だ。

学園に入らないのは安全のためとはいえ、教師をつけることはできたはずだ。

王家から派遣してもらえれば、身元も確か。『精霊の花嫁』なら当然の待遇のはず。

この屋敷にいるメイドも騎士も、国に命じられてここにいるのだ。教師だけを呼ばない正当な理由はない。

ただ、本人が必要ないと言ったから、いないだけ。

父も陛下もそれを認めている。否定しているのはディアンただ一人。

ふい、と顔を背ける一連だって。ディアン以外には愛おしく見えるのだろうか。

彼女の言う通り、知らずとも嫁ぐことはできる。だが、知らぬなりに努力はできるはずだ。

魔術の精霊ならば、その属性について。音楽の精霊なら、演奏できるまではいかずとも教養を。

鉱石、植物、気象。分からないからこそ浅く、広く。

何に対しても一定の知識を持ち、どの精霊でもいいように備えておくべきではないのかと。

途方もないことだ。幼少から教会に通い詰めていたディアンでさえ読み切れなかったほどに、精霊についての情報は膨大《ぼうだい》で、不鮮明な部分もある。

それでも、やはり何も知らないままでいいはずがないのだ。

一般人が知れる情報なんて、たかが知れている。今まで調べてきた中に、その相手がいたのか、あるいは知ることさえ許されない存在なのか、手がかりさえない。

それでも、知ろうとすることはできるはずだ。

たとえあと二年しかなくとも、周りの誰もその必要性を説かずとも。『花嫁』自身に、その意思がないとしたって。

そうでなければ……『花嫁』はその役目を全《まっと》うできないはずなのに。

「精霊の王子様の『花嫁』になるんだから、あんなの必要ないわ」

「……ひとつ、今日渡したのは、その王子様のお父様、精霊王についての基本的な内容だ。名前ぐらいは覚えているだろう」

家を出る前に渡したのは、学術書とも呼べぬ……ほとんど絵本と変わりないものだ。

飽きさせぬよう挿絵《さしえ》も多く、難解《なんかい》な言い回しのないそれは、就学前の子どもでも頑張れば読めただろう。十六を迎えるメリアなら苦もないはず。

背けられたままの顔を見つめ、溜め息を堪《こら》える。

反論がないのは無視か、それとも名前すら覚えていないのか。

どうか前者であれと願うディアンの祈りを、誰が聞いていただろう。

「ふたつ、そもそも王子様とは、オルフェン……精霊王も仰っていない。息子というのは比喩であり、自分の分身のいずれかということだ。『精霊の花嫁』であっても、『王子様の花嫁』ではない」

これも説明するのは何度目だろう。その度に機嫌《きげん》を損ね、ディアンの話を聞き流すので、ろくに覚えていない可能性は十分ある。

王の息子という言葉から、相手は王子だと思い込んでいるし、思い浮かべているのは、きっとラインハルトのような美麗《びれい》な男性だろうから、余計に認めたがらないのだ。

中には老人や少年、そもそも人の姿を持たぬ精霊もいるが、説明したところで聞き入れないのも、もはや数えるまでもなく。

「みっつ。嫁入りするからこそ、相手に対する知識は必要だ。それは人間の結婚と変わらない。婚姻は結果ではなく過程であり、その先で苦労するのは自分なんだぞ」

平民同士が結婚するのでも、相手についての理解は必要だ。仕事や習慣、守るべきしきたり。

貴族ならなおのこと。そして、精霊相手ならば考えるまでもなく。

まだ今はいいだろう。知らずとも生きていけるし、それを許されている。だが、実際に嫁いだあとも精霊が許すとは限らない。

ディアンの父が結んだ誓約があるかぎり、婚礼《こんれい》自体がなくなるとは思えないが……それで辛い思いをするのは彼女だ。

その時に、伴侶となる精霊が味方になればいいが、それさえも不確定。

あからさまに敵意を向けることもないだろうが、心証が悪くなれば……やはり、そのあとはいいとは思えない。

ただの杞憂《きゆう》で済めばいい。だが、精霊の名も、その加護も、そもそも精霊界についても知りえる情報はあまりにも少なく、不確定だ。

だからこそ、分かっている範囲だけでも学び、備える必要があるはずなのに。

「いらないって言ってるじゃない！」

……だが、当の『花嫁』は、そうは考えない。

彼女の中にあるのは、楽しい時間を邪魔された不満と、同じ説教を繰り返す兄への怒りだ。

こうなると分かっていた。それでもディアンが止めることはないし、止めてはならない。

彼女のことを思うのであれば、なおのこと。

「メリア、聞きなさい。お前が思っている以上に大事なことなんだ。『精霊の花嫁』になるということは――」

「ああもうっ！　聞きたくない！」

音を立てて机が揺れる。椅子は倒れずとも、紅茶がこぼれるのまでは止められず。

「どうしてお兄様はいつもひどいことばかり言うの！」

乱暴な動作よりも、吐き出されたその言葉に、眉間が寄る。

メリアの口癖だ。お兄様はひどい、お兄様は意地悪、お兄様が悪い。

彼女にとって、興味もなく面倒なことばかり言っている自覚はある。中には耳に痛いこともあるだろう。

だが、それは本当にひどいことだろうか。

この場に味方はおらず、判断する者もいない。

「何をしている」

――だが、反論を遮る者ならば、一人。

低く唸《うな》るような声は背後から。

確かに味方はおらず、判断する者もいなかったのだ。ディアンの息が止まる、この瞬間までは。

「お父様！」

涙に濡れたメリアの瞳が見開かれ、その名を呼ぶ。

何もかもが最悪で、最低のタイミング。それでも振り向かないことは許されず、強張った身体は徐々に扉の方向へ。

ディアンを遥かに超える身長。大男とまでは言わずとも、そこらにいる冒険者とは比較にもならない体格。

いかなる障害も打ち砕くであろう強靭《きょうじん》な肉体。

短く切られた髪は目元を遮ることなく、金は容赦なくディアンに突き刺さる。家族の誰とも重ならぬその瞳もまた、精霊から特別な加護をいただいた者の証《あかし》。

心臓が跳ねる。その理由は恐怖か、他の感情であったか。

扉を塞《ふさ》ぐように立つその姿を、見間違うことはない。

ヴァン・エヴァンズ。自らの娘を『精霊の花嫁』に差しだすと誓約した男。二十年前この国を救った英雄。冒険者たちを纏めているギルドの長。

……そして、彼こそが、落ちこぼれと言われるディアンの、父親だった。

「……父さん」

「何をしていると聞いている。ディアン」

強張った声は男の耳にも届いただろう。たとえその響きが震えていなくとも、その表情だけで見通しているに違いない。

だからこそ金は鋭く、冷たく、ディアンを見下ろし咎めるのだ。

「お父様！　お兄様がまたひどいことを……！」

ディアンが口を開くよりも先にメリアが答える。開く隙も与えない、と言い換えた方が正しいか。

さらに痛みを増す心臓に、唇が乾き、息は辛うじて苦しくない程度。

「……本を読むように言っただけです。精霊王の成り立ちと、精霊に関する――」

「ディアン」

怒鳴らずとも、遮るのなら、その低い声だけで十分だ。

それだけで身は強張り、喉が引き攣《つ》る。指先が冷えていく感覚は、無意識に逃げたいと思っている表れなのか。

その迷いをヴァンは逃さず、そして許すことはない。

「今日の試合、また殿下に負けたそうだな」

「そ、れは……」

揺れる視界の中、父の眉間に皺が刻まれるのを、確かに捉える。

辛うじて目を逸らさずにいられたが、それもいつまでもつか。

「座学の評価も悪かったのだろう。それなのに妹を気にかける余裕があると？」

鼻で笑われればまだマシだ。淡々と咎められ、反論を許さぬ威圧《いあつ》に、滲む汗は冷たい。

そう、分かっている。妹を心配する立場ではないと。人並みにもなれない自分が口にする権利はないのだと。

言われずとも分かっている。分かっている、はずなのに。

「周囲にどう見られているのか、自覚を持て。そんな調子では、サリアナ様の護衛どころか、騎士にすらなれんぞ」

それでもと、振り絞ろうとした声が消える。

自覚なら、している。自分がどう見られているか、どれだけ嗤われているか。そして、恥ずべき存在であるのか。

……そう言われるほどに劣っている事実は、誰よりもディアン自身が。

だからこそ、何もできないディアンには謝ることしかできないのだ。

「……申し訳ありません」

頭を下げた息子を父がどう見ているのか。ディアンには見ずとも分かる。

その金が和らぐどころか、より険しい光を湛《たた》えていることを。直視したが最後、今度こそ逃げ出してしまうことも。

「夕食まで中庭にいろ」

短く伝えられた言葉を解釈すれば、剣の鍛錬をしろということだ。今から数時間、休むことなく。

拒否権はない。今すぐここから出て、言われた通りにする。許されているのは、それだけ。

「……はい」

返事は一つ。控えていた騎士が扉を閉めれば、より一層閉め出されたと自覚させられる。

「お父様っ、お兄様がまた……！」

中の様子は隔てられようと、その声を遮るには至らず。縋《すが》る妹の姿こそ、容易に浮かぶのに、それを許す父の姿はどれだけ考えようと不鮮明なまま。

「……あいつも悪気はない、許してやってくれ」

ああ、なんと柔らかな声だろう。

慈しみ、愛し、大切に思っているのはその声だけでも十分に伝わる。

普段の様子を知る者でも、本当にギルド長かと疑うことだろう。

……いや、ディアンがいるかぎり、その姿を見ることはないのか。

だとしても、そうさせている原因は自分にある。責められるべきは妹でも、ましてや父親でもない。

「でも、お兄様が選んだ本なんて読みたくないわ！　ライヒが教えてくれる本ならいくらでも読めるのに……」

殿下の名を愛称で呼んで許されるのは、王族を除けばメリアだけ。

いかに不敬であろうと、どれだけ常識を疑われようと、『精霊の花嫁』というだけで大抵のことは許されてしまう。

ラインハルトが教えてくれる本というのは、結局のところ俗世向けの娯楽本だ。

もし勉強するとなれば、メリアはラインハルトを指名するだろう。そして、それが雑談で終わることも、目に見えている。

今までもそうだったように、次は違うと言いきれる理由なんてない。

……もし、母が今も生きていたら、違っていたのだろうか。

ディアンが知っているのは、メリアを産んですぐに亡くなったということだけ。その顔も声も、どんな女性であったのかも、父から聞いたことは一度もなく。

とても優しい人だったと、そう聞いたのもグラナートの口から。

もし生きてここにいたなら……メリアも彼女の言葉なら、受け入れたのだろうか。

そんな無駄な思考を振り払うように階段を駆け下り、その勢いのまま中庭へ踏み込む。

可憐な花たちが植えられた花壇を通り抜けた、さらに奥。放置してある木箱を開き、取り出した剣を鞘《さや》から引き抜く。

反射する光に目を細め、欠けた刃に吐いた息は深いもの。

手に馴染む柄の感触は、何年も握り続けているからこそ。巻き付けた布は血に染まり、替えてきた回数も数え切れない。

何度も潰れたマメは固くなり、今ではどれだけ素振りしようと傷むことはない。

繰り返してきた成果が感じられるのは、そんな小さなことばかり。

明確な線はなくとも、メリアが気に入っている中庭との境目ははっきりとしている。

剥き出しの地面。幾度も切りつけられて痛々しい人形。皮が剥がれ、無残な姿になった木。

魔術の練習用に誂《あつら》えた的《まと》。この狭い空間こそ、ディアンに与えられた場所。

両手で握り、姿勢を整え振った剣は、昼間の試験の時よりも軽い。

当然だ。これはディアンが使い慣れている長剣で、そのうえ相手はいない。空を切る時ですら重く感じるなら、それこそ本当に役立たずではないか。

辛うじて原形を留めている人形も、十何年と斬られ続けた木も、ディアンに襲いかかってくることはない。

睨みつけることも、罵声を浴びせることも、叱ることだって。

……だが、それでは立ち向かう相手に通用しないことも、ディアンは分かっている。

魔物か、人間か。脅威に差はあれ、根本は同じだ。

立ち向かう理由が、自分の身を守るためか、誰かを守るためかの違いだけ。

騎士であれば国のために、民のために。そして守るべき主人のために。傷付け、傷付くことを恐れず、どんな強敵であろうと立ち向かわなければならない。

ただの練習なら、まともに戦える時もある。

だが、勝敗が絡んだ途端に、ディアンの身体は重く、固く。まるで木偶《でく》のようになってしまうのだ。

頭では理解している。多少の傷を負うことも、負わせることも訓練の一環《いっかん》。痛みを恐れていては、強さは手に入らない。

何事も犠牲が必要で……ああ、頭で考えるだけならこんなにも簡単だ。実際にそうできないからこそ、落ちこぼれだというのに。

柄を握る手に力が入り、すぐに緩む。もう一度眺めた剣身に映るのは夕日ではなく、自分を見つめ返す黒い光。

——なぜ、彼女の傍《そば》にいると誓ったのか。

まるで問いかけてくるような眼差《まなざ》しに、そっと目を伏せる。何もかもがうまくいかない日、決まって浮かぶ疑問だ。

答えはいつだって同じ。いつの間にかそうなっていた。なってしまった。もう思い出せないほど、遠い過去のこと。

どんな夢でも語ることを許されていた頃は、本当にそう望んでいたのかもしれない。騎士になりたいと、サリアナの傍にいたいと。

……だが、今の自分は、とても騎士の器《うつわ》ではない。

ディアンの父は言う。英雄の息子に恥じぬ騎士になれと。

彼を慕《した》う王女も言う。私の傍にいてくれるのだろうと。

もう決まっているのだ。どれだけ劣っていようと、落ちこぼれであろうと、騎士を目指す以外に道はない。

そうだと期待されている。まだ、希望を抱かれている。

魔法もだめ。肝心の剣術も試合になればあの様。もし何かに襲われたとしても、今の自分に対処できるとは思えない。

父が言うように、妹を心配している場合じゃない。あと半年もすれば学園を卒業し、騎士になるための試験を受けなければならないのに。

今のままでは、合格するはずがない。分かっている。分かっている。……分かって、いる。

……だが、本当にこのままでいいのだろうか。

サリアナ付きの騎士になれば、英雄の息子として恥じぬ肩書きも手に入る。その時には、地位に伴う実力も備わっているだろう。

父もサリアナも望む理想の姿。そうなることが、ディアンの目標。

でも、本当にそれでいいのだろうか。騎士になって、父に胸を張れる存在になって。

では、そのあとは？　そのあとの自分は、一体何をすればいい？

なぜなりたかったのかも思い出せず、言われるまま。

本当に騎士になって、彼女の傍に仕《つか》えて……そして？

強く、強く首を振る。

ああ、こんなことを考えているからこそ、試合でも負けてしまうのだ。

一歩踏み出し、剣を振る。切りたいのは風ではなく、この胸に根付く邪念。

もっと真剣に向き合わなければ。余計なことを考えず、もっと必死にならなければ、望む姿になど、到底なれない。

その先のことなど、誰よりも劣り、弱い自分が考えていいことではないのだ。

縋るように腕を振り下ろし、手応えのない感触に眉を寄せる。

そうして、何度風が切り刻まれようと、ディアンの心が晴れることはなかった。

ただでさえ『精霊の花嫁』が外に出るのは大がかりなのに、それが王城の招集となれば、なおのこと。

城からやってきた馬車は三台。うち二台は護衛であり、ディアンたちが乗るのはその間に挟まれた最も豪華なものだ。

車輪から伝わる震動こそあるが、一般に普及している馬車とは比較にもならない快適な乗り心地。そうでなければ、斜め前に座っている妹は、痛いとしか喚《わめ》けなかったはずだ。

安全のために窓を隠しているレースを寄せることはできないし、開けるなどもってのほか。光は通しても、外の風景を見ることはできず、暇を潰せるようなものはない。

誰よりも大切な御身であれば、厳重な体制も理解できる。だが、これでは逆に居場所を知らせているようなものだ。

護衛の存在を知ったうえで襲う者はいないだろうが、数さえ集めればなんとでもなるし、隙を突く方法など、それこそいくらでもある。

陛下の配慮に異議はない。ただ、もし最初から城にいたならば、ここまでする必要はなかっただろうと、そう思うだけ。

豪華と言っても、狭い内部では妹の声がよく通る。

一方的な会話はヴァンが相づちを打つので成立しているが、ほとんど独り言のようなものだ。自分に振られないのをいいことに、揺れる光を眺め続ける。

結局、招待状が届いたのは、サリアナに声をかけられた翌日のこと。正式な招待であったが、私的なものでも拒否権はなかっただろう。

サリアナが来るなら、間違いなくラインハルトもいるだろう。

彼はディアンとサリアナを二人きりにさせたくないだろうが、それ以上にメリアに会いたいはずだ。

話せば不快にさせるが、無視も不敬。

傍観者《ぼうかんしゃ》に徹《てっ》することができればそれが一番だが、これまでの傾向から考えると、不可能に近い。

いや、そもそもディアンが行くという時点で、ラインハルトの機嫌は最悪だ。メリアがいることを差し引いても、嫌味のいくつかは覚悟しておくべきだろう。

妹が泣くことなく、そして怒ることもなく、楽しい思いだけをさせて帰る。簡単なはずなのに、今のディアンにはあまりにも難しい。

これなら古代語……精霊たちが過去に使っていた言語を学んでいる方がよっぽど楽に思える。ある程度はグラナート司祭から教わっているが、今は失われた言葉。資料も少なく、習得は容易ではない。

……だが、本はディアンの話を聞くことはないが、叱ることだってないのだ。

「ディアン、分かっているな」

いつの間に着いたのか。車輪が止まり、促《うなが》された馬の声が聞こえる。

静止した身体に感じる圧よりも、向けられる視線の方が強く、苦しく。もう何度となく聞かされた忠告は痛いほどに。

……信用されていないのは、それまでの自分の行いがあってこそ。今のディアンに、落ち込む権利も悲しむ権利もない。

返事をするよりも先に扉が開き、先にヴァンが降りる。続いてメリアが差しだされた手を取り、いつも通り最後に出るのはディアンだ。

目に入るのは壮大な城の外観ではなく、通路を挟んで出迎える何人もの兵士の姿。正確にはディアンではなく、メリアとヴァンを見ていると言うべきか。

「お待ちしておりました。どうぞこちらへ」

一人が先導し、おまけ程度に囲まれるのもいつものこと。輪の中には入っているが、歪な円であるのは誤魔化しようもない。

先を歩く父に動じる様子はなく、メリアも同じく緊張している様子はない。

お茶会が楽しみだと弾む足音は高らかに響き、進むごとにディアンの気分は落ちていく。

それは、妹が何をしでかすかという不安なのか、会わなければならない彼らに対するものなのか。答えは出ずとも、歩みが止まらぬ限り、目的地から遠ざかることはできない。

長い廊下で出くわす誰もが頭を下げ、道を譲り、囁く声が鼓膜を揺する。

あれが『精霊の花嫁』様だと。なんと可愛らしい御方かと。その度に妹の機嫌が良くなっていくのは、後ろからでも分かること。

他の場所と違い、続けてディアンに触れられないのは気分的に楽とも言える。

それでも、好んで来たい場所では決してないのだ。

「こちらでお待ちください」

そうしているうちに、いつも通される客室に辿り着く。馴染み深い場所だが、勝るのは懐かしさよりも動悸。

心構えもできないまま扉が開かれ、まずはヴァンが。次にメリアが入り……椅子に向かうはずだった足が、その場で止まる。

「こんにちは、ヴァン」

まだ部屋に入れていないディアンが戸惑ったのは、その声が聞こえるまでの数秒だ。

耳触りのいいテノール。ギルド長である父を呼び捨てにできる相手。

そして、妹が怯《ひる》むとなれば……その相手は一人だけ。

「先に来ていたか、グラナート」

父が進み、ようやくできた空間に身体を滑り込ませる。

扉を閉める間も、メリアは止まったまま。その顔は隠す気もないほどにしかめられ、先ほどまでの上機嫌が嘘のよう。

いつも通り、柔らかな笑みを浮かべたグラナートの後ろから影が伸びる。

……ディアンの予想通り、ペルデも招待されていたようだ。

「僕たちも着いたばかりだよ。……ああ、こんにちはディアン。それとメリアも」

柔らかな視線は、ヴァンから二人へと移される。

されど返事はディアンのものだけ。答えなければならないもう一人は、ヴァンの後ろに隠れたまま。

眉間を寄せたのは、睨まれた司祭ではなくディアンだ。

どういうわけか、この妹は司祭に対してよくない感情を抱いているらしい。

彼が彼女に何かしたとは思えない。したとて、それは彼女の言う意地悪やひどいことではないだろう。

「メリア、挨拶は」

失礼だと咎めるのはディアンの役目だが、今回言葉が出たのはヴァンの口からだった。かつての戦友に絡むことは、さすがに叱るのか。どちらかといえば注意にしか聞こえないが、メリアにはその違いもわからないだろう。

ますます眉間は寄せられ、視線は合わない。絞り出すような挨拶はとても聞けたものではなかったが、ヴァンは満足したらしい。

「ペルデも会うのは久々だろう？」

「こ、こんに、ちわ」

ほら、と背を押されたペルデが、弾みで一歩進む。縮こまっているのは緊張か、怯《おび》えか。答えを出すよりも先に、グラナートに手招かれ、無意識に見やった父は妹につきっきり。

近づくなり口の横に手を添える、内緒話の合図に耳を差しだす。

「気になることがあるんだろう？」

思わず顔を戻せば、そこにあったのは普段と違う笑顔。

悪戯《いたずら》に成功したような、ディアンの思考などお見通しだと言わんばかりの表情に、少しの戸惑いと笑い。

「……今回の招集は、司祭様が？」

「ええ、私がお願いしたんです。さすがに陛下を呼びつけるわけにはいきませんからね」

結局どう反応するのが正解かわからず、素直に疑問を口にすると、満足そうな声に予想が当たったことを知る。

本来、教会はどの国にいても、女王陛下以外の招集には応じない。それは命令権が聖国にあることを示し、女王以外には従わないという意思表示のためだ。

茶会とはいえ、命令による招集と変わらない。拒否権の有無にかかわらず、彼らはここにいるべきではない。

しかし、今回望んだのは王家ではなく教会側だ。

そう、茶会はカモフラージュ。サリアナの要望を叶えたかった陛下のお心もあるだろうが、それは自分たちを招く口実に利用されただけのこと。

いや、正確にはメリアをこの場に連れてきたかったのだろう。

素直に教会に呼ぼうものなら、行きたくないと駄々《だだ》を捏《こ》ねることは明らか。

わざわざ招集をかけ、メリアに気付かれぬよう集める理由。

いまだ父の後ろに隠れている『花嫁』を盗み見て、再び司祭へ視線を戻す。ディアンが言いたいことは、その一連で伝わったようだ。

「それも含めて、話したいことがあるんです。こちらの用事が終わったあと、時間をもらっても？」

「はい、大丈夫です」

「ありがとう。……構わないね、ヴァン」

「……好きにしろ」

確認よりも念を押す印象を受ける声に対し、告げられた先の金はすぐに伏せられて見えなくなる。

どうでもいいと、声には出されずとも、その態度が全てだ。

それに感情を抱くよりも先に聞こえたのは、短いノックの音と、謁見の準備が整った旨《むね》。

「……分かっているな」

ノブに手をかける前に、ヴァンの瞳がディアンを貫く。それだけで、伝えたいことは嫌というほどに。

「では、またあとで。……ペルデ、頼んだよ」

「は、はい」

柔らかな声に優しい眼差し。同じ父が息子に向ける視線でも、こうも違うものか。なんて、性格も立場も違うのに比較する意味もない。

扉が閉まり、足音が遠ざかっていく。早くて半時間、長くて数時間。どれほどかかるか分からないが、まだディアンの戦いは始まってすらいない。

少しでも落ち着こうと、椅子に向かおうとした足が溜め息によって阻まれる。その主など見るまでもなく。

「どうしてあの人までここにいるのよ」

苛立ちを隠しもせず、憎々しげに扉を見つめる姿は、可愛らしさとはかけ離れている。さっきまで彼女を褒め称えていた者たちが見たら、今度はなんと呟《つぶや》くのだろう。

そんなありえない展開を想像するのは現実逃避か。

「あの人ではなく司祭様とお呼びしなさい。それに、理由は先ほど話されていただろう」

「……相変わらず、父さんが苦手なんだね」

扉からディアンへ、そうしてペルデへ視線は移り、うるさい小言は存在ごと無視される。

怒りを抱いた様子もなく、話し相手になってくれるのならそれでいいと。腰を沈めた椅子だけが、柔らかくディアンを労《いたわ》る。

「だって、目が……まるで血の色みたいで気持ち悪くて、怖いんだもの」

ためらうことなく吐き出される暴言に、額を押さえたくなるのを耐える。

ここに父がいれば叱られたかもしれないが、そもそもヴァンがいる場で口走るほど、メリアも愚かではない。

「そうだね……僕も、ちょっと怖い、かな」

それは本心か、合わせてくれたのか。その表情は、愛想笑いと緊張の、どちらであったのか。

読み取れない揺らぎを見定めようとして、押し寄せる疲れにそっと諦める。

「ペルデだけでよかったのに。あの人もいたし、お兄様もいるし、最悪だわ」

溜め息は止まらず、悪意は右から左へ抜けていく。

いや、呟いたのはわざとではなく本心だろう。だからこそ、ここにディアンがいても気にせず言えるのだ。

言われた側がどう思うかなど関係ないし、怒られるとは露《つゆ》ほども思っていない。

「……そう、だね」

そして、思っていた通りの言葉が聞こえたところで二人から目を外し、室内を観察する。

火のついていない暖炉《だんろ》。ディアンでは価値の計れぬ絵画。磨き上げられた燭台《しょくだい》と、鮮やかな花に劣らぬ花瓶。どれもこれもが眩しくて目が霞む。

本があれば時間を潰せたのに、この空間には文字の一つだって存在しない。

「ディアン！　メリア！」

叶うのならば、司祭たちの話が終わるまで書庫で過ごしたいと。そんなささやかな願いは、己を呼ぶ声によって打ち砕かれてしまった。

心臓が跳ね、身体が強張る。立ち上がる動作が遅れたのは、呼吸すら止まってしまったから。

幸いにも、すぐに反応できなかったことを責める者はいない。皆、入ってきたサリアナへの挨拶に夢中だったからだ。

「サリアナ！　久しぶりね！」

王女相手にタメ口など許されない。だが、やはりそれを咎める者も、罰《ばっ》する者もいないのだ。

ペルデも、呼び捨てにされたサリアナも、その後ろから続くラインハルトも。誰一人として。

「元気そうでよかった。ディアンから聞いていたけど、もうずっと会えていなかったから……」

「ライヒも元気だった？　本当に久しぶりだわ！」

呼び捨てどころか、愛称で呼ぶ妹を指摘できないことこそ、失礼なのかもしれない。

だが、ディアンにできるのは、その和《なご》やかな光景を傍観することだけだ。

わざわざ自分を介さずとも交流できるなら、少しでも関わらない時間を増やす。それぐらいは、望んだっていいはず。

「ああ、久しぶりだねメリア。前に会った時よりも素敵なレディになっている」

もしここが学園なら、黄色い悲鳴が響いたことだろう。

愛おしいと言わんばかりに細められた瞳に蕩《とろ》けるような声。分かりやすい愛情表現に、いよいよ視線は遠くへと移る。直接関わるよりはマシだが、苦痛であることには変わりない。

もしかすると、このまま認識されず四人だけで茶会を始めてくれるかもしれない。

そうすればディアンはここに残り、殿下を不快に思わせることも、妹へ苦言を呈さずとも済む。

だが、それが許されないと理解しているからこそ、このあと向けられる感情に耐えるべく、少しでも意識を逸らそうとする。


……そういえば、司祭の話とはなんなのか。

妹……いや、『精霊の花嫁』に関することには違いない。

そのうえで王家も絡むとなれば、可能性があるのは聖国への移住だろう。

本来『花嫁』は、その存在が確認された時点で、聖国が保護することになっている。

理由は言わずもがな。それが一番安全で、間違いがないからだ。

大昔。それこそ伝記で綴《つづ》られるほど前の時代には、本人の望む国で過ごしていたという記述もあったが、様々な理由で命を落とした者は何人もいる。

故に『花嫁』と確定してから嫁ぐまでの十数年間、聖国で過ごすことが盟約によって定められているのだ。

屋敷でも常に騎士たちが護衛しているので、かすり傷一つ付くことはない。

どこに行くにも、何をするにも、必ず誰かが傍にいる。だが、それでも安全とは言いきれないのだ。

聖国の、それも王宮ともなれば、仕える者は選《え》りすぐりの精鋭のみ。

常在する騎士はもちろん、従者や下働きに至るまで。厳しい審査と信頼を勝ち取った者だけが、滞在を許されている。

そうでなくとも、城は魔術防壁により外部からの侵入はほぼ不可能。間違いなく、この世界で考えられる最も安全な場所なのだ。

だからこそ、聖国としてはメリアを移住させたいし、そうするべきと主張している。実際、屋敷にまで迎えに来た記憶は一度や二度ではない。

本来ならメリアはこの国に留まってはいけないし、ノースディア側も容認してはいけない。

それでも彼女がこの国に残っているのは……それを、メリア自身が望んだから。

「どうしたの、ディアン」

顔を上げたのは名を呼ばれたからか。あるいは、その距離が近すぎたからか。

無意識に下がろうとした足が、腕を取られたことで引き留められる。包まれた手に感じる力は、あまりにも強い。

「あまり元気がないようだけど……どこか具合が悪いの？」

真っ直ぐ見つめる青を逸らすことはできず、短く吐いた息は渇《かわ》いた舌を潤《うるお》すことはない。

向けられる視線の中。一番鋭いのが誰のものか、確かめるまでもなく。

「い……いえ、少々寝不足で。気になさらないでください」

指先が冷たくなっていく。それは握られ、阻まれた血流だけが原因だったのだろうか。

咄嗟に吐いた嘘に胸が痛むが、素直に答えるわけにはいかない。

「まぁ、夜更《よふ》かしでもしていたの？　それなら、眠気覚ましに少し歩きましょう」

それでも大丈夫だと、なんでもないと。だから手を離してほしいと。

どれだけ願いを込めたところで、ディアンの望みが叶えられることは、やはりないのだ。

「いいえ、どうかお気になさらず。少し休めば平気ですので、先に――」

「先に三人で始めていて。私はディアンと中庭に行っているわ」

言葉は遮られ、視線は鋭くなる。取られたままの手を振り払えず、扉へ誘導される足を踏ん張るのが精一杯。

頭の中によぎるのは、妹の傍にいろと命じた父の言葉。

「本当に大丈夫です。それに妹が……」

「ライヒもペルデもいるんだから、お兄様がいなくても構わないわ」

ねぇ、と同意を求められた二人の返事は耳に入らない。

彼女ならそう言うだろう。うるさい相手がいない方がいいのだと、その笑顔は隠すこともない。

「ほら、メリアもそう言っているから」

「っ……ですが、」

「はっきり言われなければわからないか？」

それでもなお、食い下がろうとしたディアンに突き刺さる声。

思わず向けてしまった視線の先。青は同じく鋭く、憎々しく。

「メリア嬢は、お前がいない方が休まると言っているんだ。ここには誰かと違い、己の実力を弁えた本物の騎士がいる。身の安全は保証しよう」

お前がいる方が邪魔だと鼻で笑い、手で払う仕草《しぐさ》に抱く怒りはとうに尽きた。

サリアナと二人きりにさせたくないはずなのに、中庭に連れて行くことは止めようとしない。

自分の妹ではなくメリアを優先したのだ。

昔からそうだった、と懐かしむ気にもなれず、ディアン自身も選択を天秤《てんびん》にかける。

離れるなと言ったのと同じ口で、妹の機嫌も損ねるなと父は言った。

だが、傍にいる限り、彼女の言動に反応してしまう自分では、ひどいことをしてしまうだろう。

そして、父はこうも言った。殿下たちに失礼がないようにと。

視界にも入れたくない相手と、傍にいてほしいと願う相手。同じ空間にいながら両名の願いを叶えることは、落ちこぼれのディアンにはあまりにも難しいこと。

揺らぐ選択は、自分の手を離さないサリアナへ傾く。父に怒られないまま全員の希望を叶えることはできない。

……だが、その程度を少しでも軽くしたいのであれば、このまま命令に従うのが、一番マシなのだ。

そう納得させようとしても、まるで頭の中が飽和したように、思考が鈍る。

一番いい方法のはず。……だけど、何か違う、ような、

「さ、ディアン。行きましょう」

そんな様子に構わず、手を引く少女がディアンを催促する。兄の嫌味を咎めないのは、一緒にいられる喜びが勝っているからだろう。

ラインハルトがメリアに構っている間は邪魔されない、と理解しているからでもあるだろう。

そのためにメリアも呼んだのかと考えたって、この状態が変わるわけでもなく。

踏ん張っていた足から力が抜けても、ヒールが刻むリズムに比べてその足取りは重いまま。

誰もディアンの言葉など待たず、重い足は引っ張られる形で廊下へと進む。

やがて開かれた扉の先。飛び込む光の量に怯み、目を細める。

雲一つない空、容赦なく照りつける太陽。すかさず日傘を差しだされても、できあがった影がディアンに被さることはない。

自らの手で庇った網膜は、やがて外の景色を映し出す。

真っ直ぐに続く石畳。草の一本もない地面。進むディアンたちを祝福するかのように揺れる花は、どれ一つとっても美しく咲き誇っている。

木も、花も、全てが調和した空間。幼い頃から変わらない光景。

「いい天気ね。これなら外でお茶にしてもよかったかもしれないわ」

整えられた何本ものトピアリーを通り過ぎていく間も、先を進むサリアナに取られた手は繋がれたまま。

自分の足で歩いているはずなのに、引き摺られる感覚になるのは、内に抱《いだ》く感情のせいだろう。

歩く度に揺れ、煌めく髪は、日陰の中でもくすむことはない。

一部だけをバレッタで留めた後ろ姿が閃光《せんこう》と共に小さくなる。否、それは幼い頃の記憶を重ねただけ。

護衛の騎士は二人。付き従うメイドも二人。だが、声を発するのはサリアナ一人。

当時は迷路のようだと思っていた構造も、成長した今では案外単純だと知る。

右へ、左へ。幾度か曲がった先で、ようやくディアンの足が止まる。否、止まってしまった、と言うべきだろう。

容赦なく照らす太陽に目を焼かれ、白く染まる視界の中で見えたのは、かつての光景だ。

可愛らしい兎《うさぎ》型のトピアリー……今はもうただの丸であるそれに面影《おもかげ》が残っていなくても、ディアンはこの場所を覚えている。思い出して、しまっている。

「覚えてる？　よくここで、二人きりで話をしたでしょう？」

立ち止まったのを、思い出に浸っていると解釈したのか。クスクスと笑う声は上機嫌で、その姿が妹と僅かに重なる。

「本当はこれも前と同じにしたかったけど……さすがに可愛らしすぎるから」

連鎖的に思い出すのは、動物を模ったのがこの一点だけだったということ。

確かに見た目は楽しいが統一感はない。そして二人とも、もうあの頃ほど幼くはない。

腕を引かれ、再び前へ。やがて聞こえてきた水の音で、庭の中心部に来たことを知る。

城下町の物より小さくとも、施された装飾は比較にならない。透き通った水が天に向かって広がり、反射する光が虹を作り出す。

メリアが見れば喜ぶだろう光景も、見る者がいなければただの背景と同じ。

サリアナはディアンを見つめ、ディアンもサリアナを見返す。

一人は、嬉しさを隠しきれないと笑い、もう一人は、頭痛に苛まれ、眉を寄せる。互いの表情はあまりにも違いすぎた。

「たまにしか会えなかったけど、いつだってディアンと話すのは楽しくて、嬉しくて……ずっとこんな日が続けばいいいって思っていたの」

空よりも透き通った青は、まるで自ら光り輝いているようだ。

思い出に浸り、笑い、感情のまま口にする少女はおとぎ話に出てくる姫そのもの。

悪い意味ではないが……まるで、夢を見続けているような印象を強く抱かせてくる。

こんな姿を見せるのは、ラインハルトやディアンたちの前だけとは分かっている。

全ては好意から来る行動だ。勘違いでも、都合のいい妄想でもない。

あの日から……あの時からずっと。ディアンは彼女に好意を抱かれている。

友人としても、一人の男としても。いっそ違っていたなら、少しはこの戸惑いも消えたのかもしれない。

瞬く度に長い睫毛が煌めき、そよ風がディアンの頰をくすぐるかのよう。

まるで精霊の祝福を受けたような美貌《びぼう》。英雄の子どもに恥じぬ魔力の高さ。王女として相応しい教養。何一つ欠点のない美女に想いを寄せられ、断れる男はどれだけいるのだろうか。

その数が多かろうと少なかろうと、ディアンが抱くのは喜びではなく、戸惑いばかり。

相手は王女で、自分は平民。本来なら顔を合わせることすらできない相手。

幼なじみと呼べるのも、国王と自分の父に英雄という共通点があったからだ。

王族であるサリアナと違い、ディアンには地位もなければ誇れるものだってない。

これがメリアならまだ分かる。『精霊の花嫁』に選ばれた特別な存在。いつか精霊となる彼女が、王族と同等の待遇を受けるのは当然のこと。

だが、ディアンは違う。ディアンだけは、違うのだ。

ディアンにとって、サリアナは守らなければならない相手であり、大切に思うべき存在だ。

幼い頃に、父に言い聞かせられた時からずっと変わらないし、これからも変わることはない。

だが、それは義務であって、愛ではないのだ。

自分が彼女より劣っているからではない。身分の差だけでもない。

ディアンが。ディアン自身が、どうしてもその対象として彼女を見られないのだ。

そして、サリアナも分かっているはずだ。その抱いている感情を、秘めた望みを叶えることはできないのだと。

それでも、傍にいてほしい。いつか誰かと婚姻を結び、国を離れることになったとしても、ディアンが傍にいてほしいと、彼女は願っている。

幼い時はそこまで考えていなかっただろう。ただ純粋に離れてほしくなかっただけだ。

……だが、今は違う。

「もうあれから何年も経ってしまったけど……あなたが約束してくれた日のことは、昨日のように思い出せるの」

伏せられた青、その目蓋の裏に映る光景は、ディアンが思い出しかけたものと同じだろう。

だが、それをサリアナは美しい思い出であると語り、ディアンは悪夢と名付けた。

この庭で過ごしたことも、実際に騎士になると誓った記憶も朧気《おぼろげ》で、形にしようとすればするほどに、頭が重くなっていく。

内側から直接殴《なぐ》られるような痛みに、たまらず顔を逸らしても、青い瞳からは逃れられない。

「ディアン？」

「……恐れを知らぬ子どもの戯《ざ》れ言《ごと》です。今の私では、とても誓えません」

そっと離そうとした手が、一層強く握られる。

痛んだのは頭か、手首か。あるいは、真っ直ぐな青に貫《つらぬ》かれる胸だったのか。

「急にどうしたの？　ああ、またお兄様に何か言われたのね？」

そうに違いないとサリアナが言うと、ディアンは首を振ることしかできない。

彼も一因《いちいん》ではある。だが、それだけが原因ではないのだ。

「お兄様の言うことは気にしなくていいの。ディアンは一生懸命、頑張っているじゃない」

「いいえ。……そう思っているのがラインハルト様だけではないことを、殿下もお気付きのはずです」

耳を澄ますまでもなく聞こえる総意は、学園でも街でも木霊《こだま》する。

英雄の息子なのに、誰よりも劣る落ちこぼれ。夢を追い続けて現実を見ない愚か者。

誰もが口を揃えて言う。あんな風にはなりたくないと。

誰もが嗤って指をさす。あの男よりはマシであると。

そんな者に、国を守る要《かなめ》など務まらないことは、どんな馬鹿でも理解できる。

……なのに、サリアナだけではなく、父もそれを望んでいる。

必ず騎士になれと。英雄の息子として恥じぬ姿であれと。そうして、サリアナの傍にいるのだと。

ずっとずっと言い聞かされてきた。望まれていた。だから、ディアンは騎士にならなければならない。

分かっていても、何かがディアンを拒絶する。

これ以上続けても、父に怒られるだけだと分かっているはずなのに、否定する唇を閉ざすことができない。

「そんなこと……」

「殿下」

黒が定まり、青が揺れる。困惑していると分かっても、もうディアンは止められない。

「私の望みは、貴方様が心穏やかな日々を送ることです。どうか、これ以上、私のことで心を痛めないでください」

その言葉に嘘はない。だが、純粋な思いからでもない。

少なくともサリアナがディアンに構わなければ、ラインハルトの怒りを買うことはないのだ。大丈夫だと。ディアンならばなれると。約束をしたのだからと。そう繰り返される毎《ごと》に、ささくれ立つ心が痛むことだってない。

サリアナも、ラインハルトも、そしてディアンだって。誰もが穏やかな日々を過ごせる。誰も傷付くことはないのだ。

本来あるべき形に戻るだけ。それをサリアナが望んでいなくとも、それが最善なのだと、ディアンは知っている。

騎士になれば。騎士に、なることができれば。

そうしてお仕えするのに相応しい実力を備えることができれば、この迷いも、鈍い頭の痛みもなくなるはずなのだ。

「……これも、今の私には不相応《ふそうおう》な物です」

繋がれていた手をほどき、代わりに手にしたのは、かつて賜った青の首飾り。

たとえ誓いの証でも今のディアンが持つにはあまりに重く、苦しい。

「これからも父の名に恥じぬよう精進いたします。ですから――」

「ディアン」

懇願は、名を呼ばれて遮られる。

怒り、悲しみ、驚き、軽蔑。含められた感情は、ディアンが予想していたどれでもない。

首飾りの上から手を重ねられ、力がこもる指に気を取られていると、見つめていたサリアナの顔が俯《うつむ》いていく。

だが、その頬は薄く色付き、唇は柔らかく笑んでいて。

「本当は驚かせようと思って内緒にしていたんだけど……」

言いにくそうに、だけど嬉しそうに。この流れで紡《つむ》がれるには相応しくない声に、言い知れぬ不安に襲われる。

どうかこの予感が違っていてほしいと、瞬くことも忘れて凝視するディアンに告げられるのは、少女の喜びに満ちた声。

「実はね……ディアンが騎士団に入ることは、もう決まっているの！」

光が散る。刹那《せつな》、よぎるのはかつての記憶だ。

幼い顔つき。紡がれる可愛らしい願い。一生懸命ディアンを見つめる大きな瞳。

その全てが消えても、鼓膜を揺らす幻聴までは消えてくれない。

「……は？」

その疑問は音になったのだろうか。いや、なっていなくとも聞き返すなど、失礼だ。

確かにこの耳に届いていたのに。だからこそ、聞き間違いだと思っているのに。

たとえどんな小さな音だったとしても、サリアナの耳にまで届いていなかったとしても。

誰も、ディアンのことなど気にかけていなくたって。

「本当は卒業の日に伝えるつもりだったんだけど、あなたがあまりにも自信をなくしているから……あっ、お父様には内緒にしてね！　先に教えたなんて知られたら、お父様の楽しみがなくなってしまうわ」

うまく取り繕《つくろ》ってねと、笑う彼女の言葉を理解できない。

聞こえている。それが間違っていないことだって、今証明された。それでもわからない。わかるはずがない。

考えようとする度に、頭が拒否をする。いっそ聞き間違いであれと、嘘であってくれと、縋りたくなる手を握り締め、なんとか思考を振り絞る。

騎士団に、入る。……誰が？　そんな簡単な答えさえ、今のディアンには導き出せない。

そんなの一人しか。自分しか、いないのに。

「は、はは……殿下も、そんな冗談を仰るなんて」

喉は渇き、笑いは引き攣る。冗談ならなんと質《たち》の悪い。

だが、それも彼女なら許される。王女であるサリアナなら。本当に、冗談だったなら。

「信じられない？　でも、本当なのよ！」

本当に信じたのかと、そう馬鹿にされた方がどれだけよかったか。

強張る手に、絡む指が気持ち悪い。滲む汗を拭うことも、顔を覆《おお》うことだって許されない。

「もう騎士団長には話を通しているわ。もちろん、彼らも知っていることよ」

彼ら、と言われたサリアナの背後。彼女を守る騎士たちの表情は強張り、僅かに視線が揺れる。

「……サリアナ様の仰る通りです」

ひどい顔だが、ディアンの表情には劣る。

顔を合わせる頻度は少なくとも、彼らとも長年の付き合いだ。彼らがこんな冗談に乗るとは考えられない。言わされている可能性はその一連で散り、頭の中がぐるり、回る。

当然だが、騎士というのはなりたいと思ってなれるものではない。

その門は狭く、そして厳しいもの。試験に合格し、さらに見習いとしての期間を経て、ようやく一人前と言われるようになる。

剣術だけでも、魔術だけでも、知力だけでもなれない。

その全てを兼ね備えた者こそが、栄誉《えいよ》ある騎士団に入ることを許されているのだ。

……だが、ディアンはそうではない。そうではないからこそ、この状況がわからない。

「ですが、試験も受けぬままでは、周囲が納得しません。それに、いくら陛下がそう仰っても、父が認めません」

なんとか並べた言葉は、本当に意味のあるものだったのか。

途切れ途切れで、息も苦しい。だが、そう、誰も納得しない。納得、するはずがない。

どんな貴族であろうと、試験の免除など聞いたこともない。それも落ちこぼれの、役立たずの平民がなんて！

なぜ陛下がそう決断されたか、愚かな自分にはその思考を推察できない。だが、そんな不誠実な方法を、あの父が許すはずがない。

あくまでもディアン自身の力で試験に合格し、実力によってサリアナを守る義務を得る。

それが父から望まれた自分の姿だ。それ以外なんて許されていない。許されてはいけない。

進言しなければならない。撤回《てっかい》を。正々堂々と、騎士団への入団資格を問うてほしいと。

「大丈夫よ、ディアン」

本当なら今すぐにでも駆けだし、そうお伝えしたい。

それなのに、目の前の少女は微笑んだまま、根拠もなく大丈夫だと囁く。

握られる手が、頭の中が、何もかもが気持ち悪い。

口元を覆わずにいられたのは、そんな姿を見せてはいけないという意地から。

「このことはギルド長もご存知なの」

だから大丈夫だと。何も心配はいらないのだと。笑う顔が歪《ゆが》む。

直視できぬそれから目を外せなかったのは、今度こそ理解できなかったからで。

「……ちち、が……？」

「ええ、そうよ。ヴァンとも話をして決まったことなの。誰にも文句は言わせないし、ディアンが気にすることなんて、一つもないの」

歪む。歪む。歪んでいる。

ぐるぐると回る景色に、どうして立っていられるのか、不思議なほど。揺れているのは自分か、視界だけなのか。

口に滲む酸味を咄嗟に抑え込んで、息は吸ったのか、吐いたのか。

父が、知っている。あの父が、ヴァンが、それを認めた。認めたうえで、話が進んでいる？

首を振ろうと、告げられた言葉は変わらない。どれだけ否定したくとも、それはディアンの中を埋め尽くしている。

あの父が。不正を嫌い、誠実を求めるあの父が、こんな入団を許す？

何かが違う。何かがおかしい。それでも、その正体などディアンにわかるはずがない。

認められない。そんなの誰が、誰が認めると？

「……いいえ、いいえ認められません、そんな……他の者の反感を買います。試合にも勝てず、魔術だってろくに扱えない。座学だって誰よりも劣っている者が、騎士になるなど……！」

「でも、お父様もヴァンも認めたわ。騎士足り得る人物だって、今までの努力が認められたのよ！」

振り絞る声は、それ以上の激励《げきれい》で掻き消されていく。

違う、違う。そんなことあってはならない。許されてはいけない。こんな形でなんて、望んでいない！

「まだ本隊には入れないけれど、見習い期間が終われば、すぐに私付きの騎士に――」

もう何も頭に入らない。聞かなければならないのに。聞いて、理解して、そうして知らなければならないのに。

なぜ、こんな話に？　いつから……どうして？

なんの功績も残していない。なんの成果もない。

優秀であるどころか、何よりも劣って、それなのに……どうして！

喜びなどない。これは戸惑いだ。そして、怒りだ。抱き続けた理想が、打ち砕かれる絶望だ。

騎士とはそうあるべきだ。そうあるべきだと教わってきた。

誠実であり、厳格であり、何物にも揺るがぬ強さを、誇りを。そうして、突き詰めた果てに、ようやくいただける名誉であるのだと。

どれでもない愚か者が、そのどれでもない今の自分が入るなど、どうして納得できるというのか！

「じゃあ、私からの早いお祝いだと思って？　それならディアンだって納得できるでしょう？」

「おい、わい……？」

声に出ていたのか。それとも、目が全てを語っていたのか。

混乱よりも、僅かに疑問が勝《まさ》る。

何かに優勝したわけでも、祝日であるわけでもない。一体何を、祝うというのか。

「あら、ディアンったら忘れているの？」

混乱したままの男を、やはりサリアナは柔らかく微笑んだまま見つめる。クスクスと笑う声は美しいのに、その響きは煩《わずら》わしく。

「明後日《あさって》にはあなたが――あら？」

視線はディアンから横、その背後へ。

何事かと思った途端、耳に届いたのは足音だ。複数……少なくとも五人はいるだろう。

振り返った先、遠くに見える通路に、色とりどりの花。それよりも賑やかな色彩を放つ、見慣れた者たち。

笑顔で歩くラインハルトとメリアに対し、追従するペルデの表情は硬い。双方の表情の差に、滲む不安は気のせいなのか。

「お兄様たちだわ。一体どうしたのかしら……」

言うや否や、駆け寄るのはサリアナも気になったからだろう。

ようやく解放された手首はやけに冷たく、自由になっても、向かう場所は同じ。

「お兄様、どうしたのですか？」

「……ここにいたのか」

近づけば、より一層、その異様さが際立つ。

殿下と腕を組む妹よりも、自分たちに気付いたペルデの怯え方に意識を取られるぐらいだ。見られてはいけない場面を見られたと、その顔が全てを語っている。

「先にお茶をしていたはずでしょう？　どこへ行くの？」

「それ、は……」

「そうだ、サリアナも一緒に行きましょ！」

答えようとする声まで震え、哀れみさえ感じさせる。そんなにも恐れることとはなんなのか。

言葉にならない不安が膨れ上がっていく。どうかこの予感が外れていてほしいと、願うと同時に響くのは、メリアの喜々《きき》とした提案。

「行くって、どこに……」

尤《もっと》もな疑問に、メリアの表情が曇ることはない。

花が咲いたような微笑みのまま、まるで太陽のように明るい声で彼女は告げる。

「今から門を見に行くのよ！」

「――は？」

低い、唸るような疑問。それは抑えようとしても、抑えられるものではなかった。視界の端でペルデが跳ね、大きく視線を逸らす。

だが、ディアンの意識にあるのは、メリアだけ。

「……まさかと思うが、精霊門じゃないだろうな」

「お兄様には言って――」

「メリア！」

怒鳴る声に、少女の肩が跳ねる。

睨みつける瞳を見下ろす黒は鋭く、冷たく。されど、隠しきれぬ怒りがそこに。

「答えなさい。お前が見に行くと言っている門は、この城の地下にある精霊門か」

もう久しく訪れていないなかったが、主要な部屋の位置はまだ記憶に残っている。

地下に続く通路は、客間から遠く離れ、この中庭を突っ切るのが一番の近道だ。

見に行くと公言し、そのうえでサリアナを誘うとなれば……もう、答えなど聞かずとも。

それでも聞くのは、否定されたいからだ。

思い違いだと、勘違いであると。何も咎めることなどなかったのだと。

「っ、そうよ！　別にいいじゃない、門ぐらい……！」

だが、どれだけ希望を抱いても、いつだってそれは砕かれる。

大きく、息を吐く。それは呆れではなく、少しでも怒りを静めようとするなけなしの努力だ。

ああ、まさかここまで何も知らないとは。知らぬままでいたとは。

「……お前が、その程度と言っている精霊門は、見ることはおろか、近づくことすら禁じられている。そして、陛下と教会の権限者両名の許可が必要なことは、前にも話したはずだ」

そう、何度も、何度も。数えきれないほど、ディアンは彼女に伝えてきたはずだ。

精霊門とは、その名の通り人間界と精霊の棲《す》まう世界を繋ぐ入り口。

創世記から各地に点在するが、この城にあるのは教会が設置したもの。

特別な魔術と素材があれば、現代でも創造できる。実際、各国の主要地には緊急事態に備えて設置することが協定となっている。

だが、たとえ城内であろうとも、普段は見ることはおろか、近づくことさえ固く禁じられている。

それは人間が門から流れる魔力に影響されないようにするためであり、誤って精霊界に紛れ込まないためでもある。

やむを得ぬ事態に限り、国王と司祭以上の権限を持つ教会関係者。その両名の許可を得て、ようやく接近を許されるもの。

許可なく近づくだけでも重罪《じゅうざい》だ。門までの通路は厳重に守られているが……問題は、そう考えたこと自体。

好奇心を満たすために罪を犯すなど、あってはならない。

「許可ならライヒとペルデが出してくれたわ！　ねぇ、そうでしょう？」

「あぁ、そうだ」

一人は頷き、一人は顔ごと逸らす。どちらが、など説明する必要もない。

「ペルデ、この国で許可が出せるのはグラナート司祭様だけだ。君にその権限はない」

「っ……そ、れは」

口ごもり、されど否定はしない。メリアとラインハルトに迫られ、分かっていながらも止められなかったのだろう。

教会の者として致命的だが、それを咎めるのはディアンではない。

そして、理解できないのはもう一人。

許されない行為と知っていてなお、堂々としているその男。妹共々睨みつけてくる青を、正面から見つめ返す。

込み上げる怒りは喉の奥に留めたまま、しかし息を吐く余裕はない。

「……殿下ともあろう方が、こんな基本的なことをお忘れですか。これが陛下の耳に入れば、ただでは済みませんよ」

「俺がいいと言っているんだ。口を挟むな、加護なし」

耳だけではなく目さえも疑いそうだ。本当に目の前にいるのは、ラインハルト本人なのか。

王族、それも第一継承者が禁忌を軽々しく破るなど、あってはならないこと。

その危険性も、己だけで始末をつけられないことも分かっているはずなのに、自ら罪を犯そうとするなど。絶対に。

「貴方様に門に関する権限はございません。そして、この国でグラナート司祭以外に許可を出せる方は存在しない」

もしグラナートが知っていたのなら、ペルデは既にこの場にはいないし、こんな事態になる前に止めたはずだ。

それこそ謁見も中断し、何がなんでも駆けつけた。

それほどの重大事であることを、彼らは誰よりも自覚しなければならないのに！

「私は『精霊の花嫁』なのよ！　許可なんていらないじゃない！」

ぐつり、沸き立つ怒りが呼吸を乱す。

できるのならば感情のまま怒鳴り、無理矢理にでもこの場から連れ去っただろう。

「『花嫁』と言うが、お前はまだ人間だ。人間である限り、許されないことがあり、守るべきルールがある。今のお前が近づくことは、陛下も司祭様もお許しにはならない」

拳が震え、爪が食い込む。骨の軋む音がうなじに響き、噛み締めた奥歯の悲鳴は、鼓膜を揺するほどに。

「今なら司祭様にも黙っておく。……戻りなさい、メリア」

本来なら報告しなければならないだろう。たとえ未遂《みすい》であっても、そう企んでいたこと自体が問題なのだ。

だが、そんな相手でも、ディアンにとっては実の妹。どれだけ考えが足りずとも、守らなければならない家族なのだ。

この場での告げ口はしない。あとで……ほとぼりが冷めた頃に相談するとしても、とにかく今は諦めさせるのが優先だと、向かうべき方向を指で示す。

「嫌よ！」

だが、メリアが叫ぶのは拒絶ばかり。

一層強くラインハルトの腕を引き寄せ、その陰に隠れようとしている。比例して向けられる瞳はますます強く、鋭く。

「ライヒもペルデもいいって言ってるじゃない！　二人よりも弱いお兄様に言われたくないわ！」

「この場において優劣《ゆうれつ》がどう関係する。我々人間には守らなければならない盟約があるんだ。過ちを犯せば、お前だけの責任で済む話じゃないんだぞ！」

命までは取られないだろう。だが、重罪を犯したという事実は消えず、最悪の場合は一生を牢《ろう》で過ごすことになる。王族とて、その判決からは逃れられない。

精霊門は国へ教会が貸与《たいよ》しているものであり、教会は精霊から賜っている。たとえ身近にあろうと、人間はその恩恵を預かっているだけにすぎない。形式上、裁くのは教会だ。だが、精霊自ら、罰を与えることだって十分にありえる。最悪は、国が滅ぶことだって。

精霊との盟約がいかに恐ろしいものであるか、彼女は理解していないのだ。

「お前の身勝手な行動で、無関係な者たちが命を落とすかもしれないんだぞ！　それは『花嫁』であっても――」

「うるさいうるさい！　うるさいっ！」

ダンダンと地を踏みしめ、足を鳴らす。

まるで子どもの癇癪《かんしゃく》だ。いっそ幼子《おさなご》であれば、救いもあった。二歳しか違わない自分の妹でなければ、まだ諦めもついた。

「どうしてお兄様はそうやって意地悪ばかりするのよ！　私は『精霊の花嫁』なの！『花嫁』がすることに、精霊が怒るわけないじゃない！」

「メリア……！」

どこにそんな自信がある。どうしてそう思える。なぜ疑いもしない。

『花嫁』であろうと彼女は人間だ。どれだけ特別であろうと、選ばれた者だとしても、まだ同じ人間なのだ。

全てが許される者などいない。どんな罪を犯そうと、許される存在などいない。

……それを、どうして理解できないのか！

「お兄様の方がよっぽど迷惑だわ！　誰にも勝てない、なんにもできない！　加護だってもらえていないのに、騎士になろうとしているお兄様の方がみんなの迷惑よ！」

叱られ、激昂《げっこう》しているだけ。いつも言われていること。されど、もう抑えは効かない。

全て事実だ。認めよう。だが、犯そうとする罪と、己の欠点に、なんの関係がある。

叫び、怒鳴り、それで有耶無耶《うやむや》にできるものではないのに。

何を言われようと咎めなければならない。そうでなければ、妹は……！

「——何を騒いでいる」

開いた口は、なんと叫ぶはずだったのだろう。

いい加減にしろと、叱るのだったか。黙れと、感情のままに怒鳴りつけるつもりだったのか。

低く、唸るような声は決して大きいものではなかった。それでも、ディアンが間違えることはない。

強張った瞳が、意思に反してそちらを見る。メリアたちが戻らなければならなかった方向。付き従うメイドの後ろ。

ゆっくりと、されど確実に近づいてくる姿を、見間違うことだってない。

「ヴァン……」

男の名を。ディアンの父を呼んだのはサリアナだったのか。それとも、他の誰かだったのか。

「とう、さ、」

「何を騒いでいるのかと聞いている」

細められた目の中、冷たい金がディアンを貫く。動じることは何もないのに、張り付いた喉からは、どうしても言葉が出てこない。

「お父様ぁっ！」

悲痛な声で走り寄る妹が、ヴァンの腕の中へ飛び込んでいく。

視線が下ろされたのは一瞬だけ。それはすぐに、より鋭さを増して、ディアンへと返される。

「お兄様が、また私にひどいことをっ……！」

「ヴァン、違うのです。今回はメリアが――」

何も言えぬディアンに代わり、声を出したのはサリアナだ。

それも向けられた手によって遮られ、最後まで紡げないまま。

「殿下、庇いだてては不要です」

「違うんです、ディアンは何も……！」

「黙っていろサリアナ。……おい」

それでも説明しようとする彼女は、ラインハルトに命じられた騎士によってディアンから離される。

向けられない視界の端に、ヴァンを追いかけてきただろう司祭の姿を僅かに捉えたが、助けを求めることはできない。

これでは、ディアンが一方的に悪い図だ。

だが、怯んではいけない。今回は、今回に限っては、叱らなければならないことだった。

父だって知ればメリアを咎めるであろう。ただの意地悪で片付けてはならない。

だからこそ、睨みつける金から目を逸らさず、真っ直ぐに見つめ返す。

「ディアン、私は醜態《しゅうたい》を晒すなと言ったはずだ。それも殿下たちの御前《ごぜん》でなど……」

「今回のことはメリアが――」

「黙れ！」

心臓が掴まれる。そう錯覚するほどに跳ねた鼓動はあまりに強く、頭まで揺さぶるかのよう。

声は音にならず、呼吸さえも止まる。

「この期《ご》に及んで言い訳など、見苦しい真似をするな」

違うと、否定しなければならないのに声が出ない。弁解ではなく、事実を伝えようとしただけだと、どれだけ思っても、伝えられなければ意味はない。

「わた、わたしっ、なにもしてないのに、おにいさまがぁ……！」

射殺《いころ》されると、そう思うほどの視線の下。泣きつく妹の姿に、頭の中が鈍くなっていく。

何もしていない。だからこそ、この程度で済んでいる。そうでなかったら、取り返しのつかないことになっていた。

伝えなければならない。でなければ、彼女は理解しない。

その時になってからでは遅いのに。理解しなければ、また繰り返してしまうのに。

「ラインハルト様、サリアナ様。愚息《ぐそく》が申し訳ございません」

「ヴァン、違うの。ディアンは……！」

謝罪され、否定しようとするサリアナの姿が、騎士に庇われ見えなくなる。

「全くだ。これが『花嫁』の兄では、ギルド長の苦労が偲ばれる。メリア嬢はあとでお送りしよう。先に戻られてはどうだ？」

「……ご配慮、痛み入ります」

もう一度、深く折られた腰が上がる。メリアをそっと剥がし、ディアンへ向かう足取りは荒々しい。

見下ろされ、足がすくみそうになる。

間違っていない。なにも悪くない、はずなのに。

「謝れ、ディアン」

声が頭の中に響く。重く、鈍く。妹のすすり泣く声に思考が淀《よど》んで、考えがまとまらない。

言わなければ、妹は罰せられた。だから止めなければならなかった。それなのに、どうして。

吐き気に似た不快感が頭を支配し、視界まで乱れていく。

まともに考えられない。なにかがおかしい。おかしいのに、それがなにか、わからない。

だけど――言いつけは守らなくては、いけない。

「……もうし、わけ、ありません、でした」

声を、振り絞る。重さに委《ゆだ》ねるまま頭を下げ、強くなる頭痛に眉を寄せる。

いつまでそうしていたのか。手首を掴まれ、縺《もつ》れそうになる足を立て直し、引かれるまま歩き続ける。

妹の声がこだましている。うるさい。きもちわるい。わからない。

なにか、なにかがおかしい、はずなのに――。

「――ディアン!」

途端、呼吸が戻る。大きく肺を満たす空気に咳き込みそうになり、強く掴まれた肩の感覚に、霧がかっていた頭の中ごと、視界が開けていく。

掴まれ振り返った先。正面から見据える赤で我に返り、瞬く。

馴染んだ微笑みはそこにはない。だが、浮かべているのは怒りでもない。

恐怖を感じさせない光はただ強く、深く。まるでディアンの中へ刻み付けるように。

「明日、必ず教会へ」

「し、さい、さま」

短い伝言に答えられないまま、口から出たのは呼吸ですらない小さな音。

無理矢理引かれた肩よりも、今まさに折られそうになっている手首の方が遥かに痛む。

息が上がっても足は止まらず、ようやく解放されたのは馬車に着いてから。

呼吸を整える間も与えられないまま、扉の中に押し込まれる。実際は腕を引かれ、先に乗らされただけだが、どちらも大差なかっただろう。

馬車が動き出せば、閉ざされた空間の中。向かい合ったまま、二人きり。

しばらくは息をするのに必死だったが、無意識でいられたのは数分のこと。落ち着いてくれば、あとは苦しい沈黙だけが、場を支配する。

視線は膝の上に。握り締めた拳は緩められないまま、頭の奥に残る霧で思考がぼやける。

今までもあったことだ。妹を叱り、咎め、そうして泣かれると、いつも頭の奥が重くなる。

罪悪感とは違う、はっきりとした違和感。

何かがおかしいと思うのに、それが何かわからない。

時間を置けば自覚できるのに、そうなっている間は考えられなくなってしまう。

無意識に聞き流しているのか？　だが、言われたことは耳に入っているし、理解もしている。

それなのに、思考を放棄《ほうき》してしまうのだ。

たとえるなら、紙に落とされた水滴のように、滲んでいく過程が見えていても止めることはできないのと同じ。

考えようとすればするほど、ぐちゃぐちゃになっていく。

普段ならしばらくその状態が続いている。というのも、朧気な記憶から掘り起こしたものでしかない。そんな気がする、という不確かなもの。

だが、今こうして考えられるのは……あの場でグラナートに名を呼ばれたからだろう。

話があると言っていたのに、約束を破る形になってしまった。

よほど大事な話だったのだろう。司祭のあんなにも必死な姿を、ディアンは見たことがない。

だからこそ、明日は必ず彼の元に行かなければ。

司祭が自分に何を話したかったのか。そうして、これからどうするのか。

きっとそれは父にも言えない、自分でなければ話せない大事なことのはず。

希望ではない。それは直感めいた何か。無視してはならない感覚は、胸の奥で蠢《うごめ》いて落ち着かない。

「なぜメリアに辛く当たる」

明日こそ話を聞くのだと。そう固めた意思が、唐突に投げられた問いで大きく揺らぐ。投げかけられたその低い響きだけで肩が跳ね、再び呼吸が乱れそうになる。

悟られないよう……否、気付かれていると知りながら、ゆっくりと顔を上げていく。窓から差し込む光に反射する瞳は、依然厳しい。

だが、少しだけ目尻が和らいでいるのを見て、僅かな期待を抱く。

「……しては、ならぬことを伝えただけです」

肌がビリビリと痛み、耳の後ろで血流が巡《めぐ》る。轟々《ごうごう》とやかましい音を塞げる唯一の手段は、膝の上で固まったまま。手のひらに爪を突き立てたまま。

「父さん。メリアは、」

「門を見に行こうとした」

耳を疑い、理解し、目を見開く。ここが馬車の中でなかったら、勢い余って立ち上がっていただろう。

「知っていたのなら！」

「ディアン」

「っ……なぜメリアを止めなかったのですか」

勢いを抑えられても、言葉から滲む非難《ひなん》までは消せない。

狭い空間で吐き出された息は強く聞こえ、鼓動は落ち着かぬまま。

「わざわざ、殿下の前で咎める必要はなかったはずだ」

まだ頭が重いせいだろうか。信じがたい言葉が聞こえた気がして首を振る。

「……殿下の前ででも止めなければならなかったことです。それに、止めたからといって、解決したことにはなりません」

他のことであればまだ見逃した。どれだけ異常でも、どれほど愚かなことでも両目を逸らし、その場だけでも穏便《おんびん》に終わらせようとしたはずだ。

だが、今回は違う。ただの叱咤では済まない。

英雄と呼ばれた父であるなら。実際に精霊王と対峙し、その身で確かめたからこそ、最も咎めなければならないはずなのに。

「他に言い方があっただろう。なぜ泣かせるまで言い募《つの》った」

それなのに、口から出るのは、ディアンを責める言葉ばかりだ。

晴れていたはずの霧が広がっていく。頭の奥が痺れ、痛み、蝕《むしば》んでいく不快感を振り払うことができない。

「今回のことが、いつもの我が儘と違うことは分かっているはずです。未然に防げたとはいえ、その思考そのものが危ういと言っているのです」

「ディアン」

「精霊の怒りを買えば、いくら『花嫁』であろうと罰せられる。いつか嫁ぐと言っても、まだ彼女は――」

「ディアン！」

空気が震え、目を開く。じわり、広がる痺れに思考までふやけて、考えていた全てが有耶無耶になっていく。

「口を慎め。不快な言い訳しかできぬなら、もう黙っていろ」

睨みつけた金がディアンから逸らされる。どれだけ見つめようと合わさることはなく、もう聞く価値もないと示され奥歯が軋む。

咎めた理由ではなく、妹を大切にしないことへの非難。それは、守るべき精霊との誓約よりも本当に重要なものなのか。

問うことはできない。考えることも、できない。

何かが違う気がするのに、どうしても断言することができない。

「どのような理由であろうと、お前は英雄の息子として恥じぬ行動をせねばならん。……分かるな、ディアン」

言葉が響く。文字通り、何度も何度も、頭の中で繰り返される。

分かっていることだ。幼い頃からずっと言い聞かせられて、ディアンだってそう努めてきた。

周りの評価が得られずとも、自分の実力が伴わずとも、父の名に恥じぬ人間になるのだと。

だから、騎士になってサリアナ様をお守りするのだと。

そう信じて生きてきた。そうすることが正しいと疑うことすらなかった。

……だが、父の言う、恥じぬ行動とは、なんだ。

道を外そうとする妹を咎めず、泣かせぬよう機嫌を取り、甘やかし、辛いことを全て排除する。

それが、英雄の息子として相応しい姿なのか？

他人であれば違ったのか？　身内であれば、全てを許してもいいと？

ならば、今まさに責められている自分は……なんだ？

地面が揺れる。馬車の振動ではない。直接揺さぶられていると、そう錯覚するほどに、視界が揺れ動いている。

何かが軋む音は、ディアンにしか聞こえない幻聴なのか。だとすれば一体、何が折れそうになっているのか。

「……だからといって、必ずしも騎士になる必要はありません」

言ってから、そう声に出していたと気付く。失言だった、と訂正しかけた口は、馴染む感覚に閉じたまま。

そう……そうだ。恥のないように生きろというのであれば、なぜ騎士になることを承諾した？

ディアンは理解している。今の自分が、その地位に相応しい人間ではないことを。誰もそれを認めないことを。

だが、サリアナの言葉が真実ならば、卒業と共にディアンは騎士になってしまう。入隊するだけが目標ではない。今のままでは何も変わらない。指をさされ、嗤われ、侮辱される今と何も……何も！

それならば、やはりあいつではだめだったと。そう蔑まれる方がよっぽどマシではないか！

こんな形での入隊など。こんな情けをかけられるなど、誰が望むというのか！

「騎士になると誓いを立てたのはお前だ」

「まだ世間も知らぬ、幼い頃の話です。夢を抱き続けるには、私は大きくなりすぎました」

命じた父の声は思い出せるのに、サリアナに誓った記憶は蘇《よみがえ》らない。

痛みを増す頭を振り、合わぬ目を見つめ続ける。

「これ以上、執着したところで、結果は変わりません。ただみっともなく縋り付き、現実を見ようともしない姿を晒すことが正しいとは……私には、到底思えないのです」

木霊するのはラインハルトの声か、クラスメイトの声か。それとも名も知らぬ街の人々の声なのか。

今さら諦めたところで、英雄の息子であるかぎり、嗤われ続ける一生を送ることになるのだろう。

だが、生き方を変えることはできる。簡単ではないし、結局は変わらないかもしれない。

それでも……道化として生きるよりは。役立たずと罵られるまま生きるよりは、きっと。

「他に道が――！」

「もういい」

目は合わない。怒鳴られたわけでもない。だが、呟かれたそれは確かに拒絶だった。

「言い訳しかできぬなら口を閉じろと、私はそう言ったはずだ」

「っ、ですが……！」

「……そうやって弱音を吐いている限り、誰にも勝つことはできんだろうな」

深い溜め息が空間を満たし、胸の重みが増していく。否定したいのに、苦しくて息もままならない。

「評価を得られぬのは、お前の鍛錬が足りないからだ。そんな邪心《じゃしん》を抱いたまま振るう剣に、何の力が宿るというのだ」

鍛錬不足。それだけで片付けるには、あまりにも年月が経ちすぎている。

十数年間、ずっと努力を続けてきた。精霊に誓って、手を抜いたことなど一度もない。

一度も……たったの一度だって。

「と、うさん」

「他者の目を気にしている限り、お前は騎士になれない。評価されることを望み、本来の目標を見失ったその心こそ、お前を弱くしているのだ」

言葉が入ってこない。理解が、できない。

矛盾している。父の名に恥じぬよう生きろと言いながら、他人の目を気にするなと言う。

英雄の息子として他者に認められることを求め、しかし、評価されることを望むなと言う。

成り立たない。成り立つはずがない。

そう考えることこそ、ディアンが未熟である証明なのか。

成果をあげ、されど何も求めず。言われたことを成し、求められるままに生きる。

精鋭の騎士であれば。英雄とも呼ばれた戦士であれば、その感覚が分かるのだろうか。

でも、それで何も感じるなというのは――まるで人形のようではないか。

「反省するどころか、そんな戯れ言を抜かすとは……明日の朝まで部屋から出るな」

返事はない。拒否は許されない。

怒りでも悲しみでもない、湧き上がる感情をどう名付ければいいのか、ディアンにはわからない。

首も、指先からも、力が抜けて視線は下へ。握り締めたままだった首飾りの光まで、ディアンを責めているよう。

揺らぐ床から目を逸らせぬまま、聞こえてくる音までも遠ざかっていく。

座面から伝わる振動とともに、何かが磨《す》り減っていく感覚だけが、ディアンの認識できる全てだった。

3章　崩壊

「そこまで。全員ペンを置きなさい」

教師の声に意識を戻し、それから手元を見下ろす。

試験用紙は名前すら未記入で、インクの汚れなんて一つも見当たらない。

配られてから十数分。ずっと呆けていた事実に衝撃を受けてもどうにもできず、紙を裏返す動きすら鈍い。

「解答用紙はこのまま回収する。支度《したく》が済んだ者から退席するように」

号令がかかり、途端に賑やかになる。

席を立つ者。友人と語る者。頭を抱え溜め息を吐く者。

様々な反応の中でも、呆けているのはディアンだけであろう。そして、白紙のまま終えたのも、同じく。

父に咎められる、と考えて、どちらにせよそうなった、と肩の力を抜く。必死になったところで、赤点は避けられない。

どれだけ自信を持っていても、間違っていないと確信していても、いつだってそうなのだから。

望んで放棄したわけではないが……結果だけを見れば、そう思われても仕方がない。

今日の授業はこれで終わり。そう考えている間にも人は減り、座っているのはもうディアンだけ。

荷物を掴む手は重く、頭はそれ以上に鈍く。

これからどうすればいいのかと、思い出そうとする頭は、靄がかかったまま。

不鮮明な思考を必死に探っているせいか、足取りさえおぼつかない。

「……ディアン、待ちなさい」

もう少しで思い出せそうだ、と掴みかけた糸が背後からかすめ取られ、ゆっくりと振り返った先。見上げた教師の顔は、怒りよりも焦りの方が強い。

「なぜ何も書いていない」

当然の疑問。ディアン自身が一番その答えを知りたい。

気付いたら終わっていた。考え事に夢中だった。昨日の晩から何も食べていないので、頭が回らなかった。

理由はどれであれ、試験に集中できなかったのはディアンの落ち度であり、責められるべきこと。

目の前の教師だけでなく、残っているクラスメイトの視線もディアンに突き刺さる。なんなら、クスクスと嗤う声だって。

だが、本当に頭が回らず、あまり気にならないことだけが幸いと言える。

そういえば、彼はなぜ自分の解答用紙を真っ先に見たのだろう。どれだけひどいか確認したかったのか。

それなら期待通りだったはずなのに、向けられる視線がどこか痛々しく見えるのは……なぜなのか。

「体調が優れなかったのか？　他に理由が？」

責める口調に混ざるのは、やはり怒りではない。

そこまで焦るほどの事態ではないはずなのに、原因を探り出そうと必死な教師には、周囲の目は気にならないようだ。

さて、なんと返せばいいのか。考えても答えは出ず、やがて諦めた教師が深く息を吐く。

「……明日追試を行う。必ず回答するように」

もう行っていいと、許可を得たところで頭を下げる。

鈍い頭痛に眉を寄せ、されど咎められることもなく。ようやく退室すると、聞こえてくるのは囁き合う声と遠慮のない視線。

「また『花嫁』様を泣かせたそうよ、それも殿下の前で……」

「実の妹とはいえ、あまりにも……」

昨日の話がもう広まっている。出所《でどころ》は殿下か、それともペルデか。

両者とも真実は話していないだろう。そして、ディアンが訂正したところで誰も信じることはない。

王太子殿下も、司祭の息子も、自ら禁忌を破ろうとしたなんて。そんなの狂言《きょうげん》としか思われない。

こればかりは、ペルデだって黙っているだろう。

まだ正式ではないが、彼も教会に名を連ねる者。このことが他者に知られれば、司祭様の地位も危うくなる。

……ああ、そうだ。その司祭様から話があるんだった。

このあとの予定をようやく思い出し、嘲笑の中を進む。

後頭部から広がる鈍さは、意識していなければ夢だと思うほどに。いや、実際はうたた寝でもしているのかもしれない。

どれもこれも現実味がなく、いっそ昨日の全てが夢であったなら、と。願ったところで、ディアンの望みが叶えられた試しは一度だってない。

今から行けば日暮れまでには家に帰れるだろう。

門限を破り、夕食まで抜かれてしまえば丸一日食べないことになってしまう。

父から命じられたのは昨晩までだったが、朝食の席で「またお兄様にひどいことをされる」とメリアが呟けば、崩壊までは容易《たやす》かった。

あの様子では、門を見ようとしたことを、怒られてはいないのだろう。

あるいは怒られたと思わないほどに優しく言い聞かせられたか。それとは関係なしに、ディアンが気に入らなかっただけなのか。

それに対して、自分はなんと返しただろう。まだ今朝の話なのに記憶が曖昧で、思い出してもそれが正しいのか自信がない。

ああ、でも。きっと謝らなかったからこそ父に追い出され、朝食も抜かれたのだ。

謝らなかった理由が明確でなくとも、反省していないのなら出て行けと怒られたことははっきりと覚えている。

自覚すれば空腹を感じるが、早く教会へ向かわなければならない。こうして無駄にしている時間があるなら、一秒でも早く。

「――ディアン！」

……だというのに、ディアンの名を呼ぶ声が、彼を呼び止める。

奇妙だ。いつもなら鼓動が早まり汗も滲むのに、心は静かなまま。

だが、聞こえなかったふりはできない。無視なんてそれこそ許されない。自覚はなくとも、その胸に浮かんだのは諦めの二文字。

振り返った先。駆けてくる姿をはしたないと罵る声はどこからも聞こえないし、言えるわけがない。廊下を塞ぐ形でディアンのもとに来た一国の王女に、誰が意見できるというのか。

伸ばされた手から一歩下がる。宙を掴んだ指先は僅かに彷徨い、胸元で握られた両手はそれこそ痛々しいほどに。

「よかった、会えて……昨日はお兄様がごめんなさい。まさか、あんなことを許すなんて……」

整えられた美しい眉は下がり、長い睫毛の下で潤んだ青がディアンを貫く。

彼女が謝る必要はない。それも、こんな公衆の前で。隠れようもない場所でなんて。

仮にも王女であるならば、感情のままに動くべきではない。自分の行動がどれほどの人間に影響を与えているか、彼女は分かっているはず。

だが、言えない。言えるはずがない。そう発言する権利は周囲の野次馬にも、そしてディアンにだってないのだから。

「何か言われているのでしょう？　皆には訂正しているから、ディアンは堂々としていいの」

頭痛がひどくなる。いや、朝からずっとこんな調子だ。休めば少しは楽になったんだろうか。

いや、きっと何も変わらない。悪化している現状も、逆効果でしかないその行動も、全部。訂正と言っても、サリアナも真実は話していないだろう。いくらディアン贔屓《びいき》とはいえ、醜態を晒すほど夢中ではないはず。

殿下が何かをして、ディアンが誤解された。……それだけで納得する人間が、この学園でどれだけいるというのか。

表面的には納得しても、誰もそれを信じないことを、目の前にいる少女は理解していない。真相を話そうとも、隠そうとも、結局は変わらないのだ。

「あんなことがあったから話もできていないし、このあと……」

「サリアナ！」

振り返ったのはサリアナだけで、ディアンは顔を上げるのみ。廊下の奥、やってくる青の鋭さに、声が出なかっただけ褒められたい。

いよいよ通路は狭くなり、行く手を阻まれた生徒たちが立ち往生する。

されど、原因を取り除くには、ディアンはあまりに無力。

「そいつに構うなと言っただろう」

「お兄様、なぜあのような噂を……！」

「そいつが『精霊の花嫁』を泣かせたことか？　事実を肯定して何が悪い」

又聞きで不確かだった情報が確定し、ざわめきが広がっていく。こうなれば、もう噂は止められないだろう。

……いや、それこそいつもの通りかと。そう考えられるのも頭が回らない故か。疲れ果て、感情の起伏も緩やかなせいなのか。

「あれは……メリアがあんなことを……」

「あんなこととは？」

分かっていて聞き返している。答えられるはずがない。露見《ろけん》していい話ではないことは、どれだけ馬鹿でも分かること。

……ならば、もう少し。あと少しだけ、その意識を今のディアンへ向けてくれたなら、ここまでひどい状況にはならなかったはず。

いいや、それも全てディアンが至らないせいだ。

禁忌に触れることを咎めたディアンが。どんな理由であろうと、妹を泣かせ、父を失望させたディアンが、全て。

……でも、本当に？

そう疑問が浮かんだ瞬間、足が動いていた。

追いかけようとするサリアナを止める声が響く。その間も身体は野次馬に近づき、作られた隙間を縫って前へ。

廊下を進み、角を曲がり。どれだけ騒ぎから離れようと、人の目からは逃れられない。

その全てが己を非難しているものではないと分かっているのに、嗤い声はいつまでもいつまでもディアンの鼓膜にこびり付いてくる。

夢中で足を進めるうちに、外とは真逆に向かっていることに気付いたが、足を止められない。

人気《ひとけ》がなくなるまでは戻れないと、無意識に踏み込んだ教室に誰もいないのは、全員が帰ったか、最初から使われていなかったのか。

適当な椅子に腰をかけ……そこで、呼吸が荒かったことを自覚する。

それほどまでに立ち去りたかったのか。いや、留まりたいと思う方が異常か。

サリアナのことだ。ディアンがいる限り、彼女は庇い続け、ラインハルトも引き剥がそうとする。そうすればさらにサリアナは躍起になり、悪化の一途《いっと》を辿っただろう。

立ち去ってよかったのだ。そう思わなければ、息苦しさから解放されない。

深く、深く息を吸って、ゆっくりと吐く。それでも身体は怠く、心臓は鈍い。

思考は不鮮明なままで、どれだけ頭の中を掻き混ぜても、晴れるどころか気持ち悪さが増すばかり。

空腹。精霊門。朝から囁かれ続けている非難。原因は、それこそいくらだって挙げられる。だが、そうではない。ディアンの心にのし掛かっているのは、そんな単純なものではない。

そうであれば、こんなにも……悩み、揺らぎ、泣きそうになんて、なっていない。

騎士になれるのよ、というサリアナの声が響く。

英雄の息子として恥じぬ行動をと、父の声も響く。

どちらも幻聴だ。ここに二人はいない。だからこそ、耳を塞いでも首を振っても、その声が剥がれることはない。

他者の目を気にしている限り、騎士にはなれない、と。だからお前は弱いのだ、と。何度も。何度も。何度も。

相応しい行動を求めながら、それを気にするなという矛盾《むじゅん》した答えを、どれだけ時間を費やしてもディアンには導き出せないのだ。

騎士に相応しくないと責めながら、騎士になることを認めている。

誰にも勝てぬ弱者だと知りながら、強者である騎士になることを、認めている？

落ちこぼれであろうと、ディアンは彼の息子だ。真意が分からずとも、その根本たる理念を違《たが》えることはない。

間違いを許さず、誠実である。だからこそヴァンは英雄となり、この国を救った。

そんな男が、サリアナの頼みだけで信念を曲げるとは、到底思えない。

そして、この程度で王命が下るなど、それこそ。

それなのに、なぜ、陛下も父も認めているのか。認めて、しまっているのか。

ディアンが騎士として相応しくないのは、誰よりもディアン自身が理解している。

どれだけ本を読み、知識を取り入れても平均点以下。文字通り、血が滲むほど剣を振り、怠けることなく己を高めても誰にも勝てず、どれだけ集中しようと魔術は的《まと》に掠りもしない。

なにより――加護だって、ない。

ディアンだけだ。誰もが賜っている力を、ディアンだけが与えられていない。

どれか一つでもあったなら。

知力でも、魔力でも。いいや、普通の人と同じく、加護だけでもあったなら。

だけど、何もないのだ。ディアンには何もない。誇れるものは何一つ！

それなのに！　……どうして、騎士になれるというのか。

今からでもいい。質の悪い冗談だと言ってくれ。嘘だったと、そう嘲笑《わら》ってくれ。

この苦悩も、迷いも、全てが無意味であると。どうか。……どうか。

ああ、だがディアンは知っている。幾度願いを込めたところで、救いなどないことを。

今までも、これからも。……そして、この先だって、ずっと。

誰も認めない。誰が認めるものか。いいや、何より自分が、自分こそが許せない。

これが正しい姿だというのか？　騎士として、英雄の息子として、恥じぬ姿であると？

試験も免除され、父の名声のみで得た地位が……相応しい立場であると？

六年。六年だ。この学園に入ってから絶えず努力を続けてきた。全力を尽くしてきたはずだ。

全ては騎士になるために。そう望まれたから。それ以外に道はなかったから。

それでも、長い年月の末、ディアンが得られたのは、自分は騎士になれないという確信だけだ。

あと数カ月でどうにかなるものではない。それこそ奇跡が起こったとしても不可能だ。もはや周囲の目は欺《あざむ》けない。もう誰もが認めているのだ。

英雄の息子は、落ちこぼれであったと！

……こうして諦めているから強くなれないのか。弱音を吐いてしまうからこそ、自分は……

だが、これは本当に弱音なのだろうか。

何年も下されてきた評価は、本当に、自分の思い過ごしなのか？

これを否定することこそが……間違っているのでは？

額を押さえた手が崩れ落ちる。重すぎる頭を机に伏せ、前髪は指に絡まったまま。抜けた痛みで目が熱くなり、跳ね返った息は湿り気を帯びる。

答えなんて出るわけがない。指し示された答えを無視しているのは、他でもない自分自身ではないか。

望まれた通りになれないからこそ、正しい道から反れている。だから、答えなんてない。ないのだ。どこにも、どこにだって。

だけど、どうすれば応えられるかなんてわからない。父の望む姿が、誰にも恥じぬ姿が、どうやったって思い描けない。

正しくあればいい。弱きを助け、主人を守り、間違いを犯さず、真摯《しんし》であること。

……それは、どれだけ妹が無礼《ぶれい》を働こうと咎めず、今以上の努力を重ね、迷うこともためらうことも、弱音さえも吐かず。

そうして、無心のままであれば……本当に、そうなれるのか？

このまま迎えるだろう、妹の結末を知りながら正そうとせず、受けるべき苦痛からも遠ざけ、甘やかして。

そうして泣かせることなく接することは……本当に、父の望む正しい姿なのか……？

頭の中が、世界が、心が滲む。

かんがえられない。かんがえたくない。わからない。

かんがえなければいけないのに。また、おこられてしまうのに。

それでも、やはり答えは出ず。救いの手が差し伸べられることもなく。吐いた息は、静かに鼓膜を震わせるだけ。


――そうして、寒さで目を開けば、見えたのは暗い景色だった。

微睡《まどろ》む意識でしばし考え、机に突っ伏して眠っていたことに気付く。

見えないのはそのせいだと身体を起こし、それでも明るくならない世界に、しばし呆ける。

何も書かれていない黒板。等間隔で並ぶ椅子と机。窓から差し込む月の明かり。

それらをゆっくりと見渡してから――サァ、と血の気が引く音を聞いた。

倒れた椅子を気にかけることなく、荷物を掴んで飛び出そうとした足が止まる。

……もう、今さらだ。

寝過ごしてしまったことも、門限を破ってしまったことも、もう取り返しはつかない。

ここまで眠るつもりはなかった。そもそも、うたた寝なんてするつもりは……いや、いいや。

首を振り、椅子を元に戻す。改めて荷物を持ったところで、吐いた息はあまりにも重々しい。

これで丸一日、食事を抜かれることになるが、それだけで済むとも思えない。

虚《むな》しいのは胃か、事実を噛み締める胸中か。どちらも満たされぬまま、進み出た廊下を白い光が照らす。人影がないせいか、抑えた足音もどこか虚しい。

今が何時かはわからずとも、教会に向かうには遅すぎるだろう。司祭との約束も破ってしまい、いよいよ気が滅入っていく。

司祭は、いつまでも来ないディアンを案じているはずだ。

明日こそ必ず伺わなければならない。もしかすると朝食まで抜かれ、いよいよ空腹で倒れるとしても……彼の話を聞くまでは耐えなければ。

意志を固めても、叱られる未来は変えられず、心は重いまま。足は教室棟の出口に辿り着き、握ったノブが固いことで再び止まる。

……施錠されている。当然だ、本来ならここには誰もいないのだから。

怒られる可能性はあるが、教師棟から外に出られるかもしれない。

窓を開けて帰るのは最終手段。幸いにも、確かめるのにそう距離は離れていない。部屋に明かりがついているなら、まだ望みはある。

希望が見えたところで、辿り着いた先から漏れる光が一筋《ひとすじ》。踵《かかと》から踏み出し、音を立てぬよう。だが、なるべく早く。

ここさえ抜ければ出口はすぐそこにある。そのあとのことは、帰りながら覚悟を決めるしかない。

「ディアンのことか」

……そう自分を宥められたのは、その名が聞こえるまでのことだった。

通り過ぎた扉。僅かに開いた隙間の先。覗くべきではないと理解しているのに、足が戻る。

眩しさに目を細めたのは数秒だけ。光に慣れた瞳が捉えたのは、そこに集まる教師たち。

「いつかこんな日が来るとは思っていたが……」

吐かれた息は深く、首を振る動作だけを見れば、呆れられていると思ったが、その表情は昼間と同じく痛々しいもの。

こんな日、とは無記入で出された解答用紙に対してなのか。その言葉だけでは判断できず、さらに耳を澄ませようとするディアンを、何かが止めようとする。

これ以上は見るべきではない。見ていいものではない。

それは良心か、頭の奥から響く痛みか。あるいは、名状し難い第六感か。

瞳は光の先を見つめ続け、足は一歩も動くことなく。小さな音でも拾おうと息を潜める。

「ただ調子が悪かっただけかもしれない。ひとまず明日の追試を待つしか……」

「それでも書かなかったらどうする。こんな内容を報告するわけにはいかんだろう」

鼓動の音が強まり、頭痛がひどくなっていく。

報告。……それは、誰に対して行われるものなのか。

もしディアンの父であれば、この程度で動じるとは思えない。

この際、伝えていたことはもういい。問題は、どうして彼らが戸惑っているのか。

「むしろ、今までよく耐えたじゃないか。こんな仕打ちを彼が受ける道理は、」

「言うな！　……あと半年すれば彼も報《むく》われる。それまでは何としても隠し通さねばならない」

半年すれば、報われる？　半年後に何がある。何を隠す必要がある。

これ以上聞いてはいけない。だけど、まだ理解できていない。聞かなければ永遠にわからないままだ。

頭痛は警鐘《けいしょう》のように。早く去れと促すようにディアンの内で鳴り続けて、それでも足は動かない。否、動かすわけにはいかない。

「ともかく、明日の結果を待とう。……念のため、それも金庫に保管しておいてくれ」

……金庫？　試験の結果を、わざわざそんな場所に？

それが全員ならまだ分かる。だが、机に積み上げられているのは、他の生徒の答案用紙のはずだ。

わざわざディアンのだけを仕舞う必要が、どこに、

「本当に可哀想《かわいそう》に」

けたたましい鼓動の中、哀れむ声が聞こえる。

クラスメイトから投げられるものとも、殿下から吐き捨てられるものとも違う。心の底から同情する、耐えがたい声が。

早く去れと、ディアンの中の何かが叫んでいる。今なら間に合うと、何かが突き動かそうとしている。

だが、動けない。動くわけにはいかない。この疑問を明かせるのは、今しかないと分かっているから。

「——今までは満点だったのに」


音がした。叩《たた》きつけられる扉の音が。否、叩きつけたのはディアン自身だ。

踏み込んだ部屋の中、驚愕《きょうがく》した教師たちがディアンを見つけ、焦る姿が遅く感じる。

視線は一カ所に。棚の下、屈《かが》んだ男の手。そこから見える紙の束。

「な、なぜここにっ……きょ、許可なく入ることは禁止して——！」

立ち止まっていられたのは、その小さな扉に手をかけられるまでの間だった。

手に溜めた魔力を机上へ放ったのも、それが風魔法であったことも、全ては無意識。

飛び散った紙が視界を奪い、全ての視線がディアンから外れる。

衝動のまま駆けた足が遮られることも、伸ばした手を邪魔するものもない。

無理矢理こじ開けたその先。乱暴に掴んだ束の重ささえ、もはや些細《ささい》なこと。

「返せ！」

掴みかかる腕を躱《かわ》せたのは、もはや奇跡だろう。

勢い余ってつんのめる身体に足を引っかけ、倒れたところで大きく距離を取る。

片手を突き出し、咄嗟に障壁を張れたことを喜ぶ余裕はない。

薄く、脆弱《ぜいじゃく》な盾《たて》は、一瞬で剥がれてしまうほどの強度しかなく。

だが、それで十分だった。ディアンがそれを、真実を見るだけの時間は、それで。

「――なん、だ、これ」

紐《ひも》を解くと、支えきれなかった紙が、床に散らばっていく。そのどれもが過去にディアンが回答した試験で……その全てが、合格点に達している。

いいや、ほとんどが満点だ。誰かが言った通り、目に入る全てにおいて、丸の数は告知されていた点数に比べ遙かに多い。

最近のだけじゃない。それこそ、入学当初のだって。

見えたのは手に掴んだ物だけ。だが、これがいかに異常であるか理解するには、もう十分。

「どういう、ことですか」

絞り出した声が震える。それは衝撃なのか、怒りなのか。ディアンにもわからない。

わからなくても知ってしまった。知ってしまったなら、問い詰めなければならない。

もう制止しようとする手はない。障壁が崩れても、ディアンを咎める声は一つだって。

「なぜ、告知されている点数と違うんですか。どうして僕のだけ金庫に隠してあったんですか」

誰もが目を逸らし答えようとしない。そのことに、皺が寄る紙を気遣うなど不可能。

「……答えてください。なぜ、僕の成績を改ざんしていたんですか」

「っ、それは……」

「理由があるからこそ、こんな暴挙《ぼうきょ》に至ったんでしょう？　国王陛下も納得される正当な理由が……！」

合わさった瞳が再び逸らされる。それでも睨みつけていなければ、足元から崩れ落ちてしまう。拳に力を入れていなければ、きっと殴りかかっていた。

そう、理由がなければ納得できない。こんな……こんな理不尽な仕打ちを、どうして！

「もしそうでなければ、陛下はさぞお嘆きになるでしょう。この国の未来のため、自ら設立したこの学園で、信頼していた教師たちが生徒の成績を偽っていたなど！」

「は、話したところで誰も信じんぞ！」

「ええ、そうでしょう！」

誤魔化しきれないと判断した男が張り上げた声を、ディアンの同意が掻き消す。

怯んだのは、思わぬ返答に対してなのか。本当に、それだけだったのか。

「たかが平民の成績を、こんな長期間にわたって改ざんする理由など理解されません。そんな主張を信じる者は、学園に限らずとも確かに少ないでしょう。……だが！」

言われずとも理解している。真実を伝えたところで、苦し紛れの言い訳だと、とうとう気が触れたのだと。まともに取り合う者はいないだろう。

今、こうして見ているディアン自身が信じられないのに、一体誰が聞いてくれるというのか。

それでも。……ああ、それでも！

「――心優しいサリアナ様であれば、こんな落ちこぼれの世迷い言でも真摯に聞いてくださるでしょう」

目の前の顔が引き攣り、幻聴が頭の中を掠めていく。

囁くのは自分だ。自分自身だ。己の力で真実を明らかにしないなど、なんと卑怯《ひきょう》な男だと。

だが、どんな手を使ったとしても、このままなかったことにさせてはいけない。

知る権利がある。否、ディアンは知らなければならない。

それがどんな内容であったとしても。それが……自分の理解の範囲を、越えていたとしても。

「陛下が信じなくとも、サリアナ様であれば信じてくださる。謁見を願い出れば学園でなくともお話しする機会をいただけるだろう。真相を隠すのは容易でも、六年間の試験結果を捏造《ねつぞう》するのは、さすがの先生方でも苦労するのでは？」

「我々を脅《おど》すつもりか!?」

「可能性を申し上げただけです。質問に答えていただけるのなら、僕も手を煩わせることはしません」

睨み、睨み返し。優勢にも思えるが、状況はディアンの方が劣っている。

相手は複数。証拠は手の中とはいえ、無事に逃げられるとは思っていない。

自分たちの失脚がかかっているのだ。命までは取らずとも、手段は選ばないだろう。

まだ出口は塞がれていない。語るのが先か、襲われるのが先か。逃げるとすれば扉ではなく、窓でなければ、逃げ道は、

「その国王陛下のご命令だ」

芯のある回答が、動揺する声に紛れ、思考が断ち切られる。

「おいっ！」

「いつかは露見することだった。もう隠す意味はない」

空気が変わる。あんなにも肌を刺していた感覚が引き、誰も彼も力が抜けていく。

その表情も態度も、どう見ても諦めからくるもの。俯く姿は、全てを肯定している。

ああ、それとも騙《だま》されているのだろうか。そっちの方がよほど信じられる。

「……どういうこと、ですか」

答えた教師が歩き出し、身構えたのも数秒。金庫から取り出された封筒は、王家からの通達に使われるものだ。押された蝋印《ろういん》だって記憶と違わない。

「六年前、君が入学する際に受け取ったものだ」

差しだされたそれを広げ、文字を追う。

堅い言葉であっても、書かれているのは簡単なことだ。そこには含みも、婉曲《わんきょく》な言い回しもない。

ディアンの成績を定期的に王家へ報告し、公表する結果は低く改ざんすること。たった、それだけ。

疑いようもない。目の前にあるのは本物。

陛下がディアンの成績を改ざんすることを命じた。それが真実。

それが……ディアンにまで隠されていた理由。

「……なん、で、こんな」

首を振るのは、信じられないのではなく、信じたくないからだ。示されてもなお、わからない。

どうして陛下はそう望まれた。他の誰でもなく、自分にだけ。……一体、どうして！

「我々も理由は伝えられていない。だが、君が卒業するまで隠し通すようにと……王命とはいえ、君には辛い思いをさせた」

すまない、と下げられる頭を見ても納得ができない。できるわけが、ない。

「っ……でも剣は……それに、魔術だって……！」

「その度に、我々が魔法で妨害《ぼうがい》していた。……君にも、心当たりがあるはずだ」

だが、そうではないと否定され、目眩がする。

「まさか……身体が重くなったのも、目眩も……全部……？」

「……すまない、ディアン」

力が抜けていく。まだ立っていられるのが不思議なほどに。

紙を手放さずにいたのは意地だったのか。

それすら、ディアンにはわからない。わかるはずがない。もう、なにひとつだって。

分かるとすれば、分かる者がいるとすれば……それは、一人だけ。

廊下へ飛び出すディアンを、誰も呼び止めることはなかった。

◆◇◆◇◆

夜になっても王都は光に溢《あふ》れている。

酒場や食堂、ギルド員や兵士の憩《いこ》いの場。笑い声にグラスをぶつけ合う音、歌や踊りも聞こえ、その賑やかさは日を跨《また》ぐまで終わらない。

道行く足取りはどれも穏やかだ。

……ただ一人、その光に照らされながら駆け抜けていくディアンを除けば。

学園からずっと走り通した足は疲れ、肺は限界を訴えている。掴んでいる証拠は汗に濡れて、いつこの手から滑り落ちてもおかしくはない。

酸欠で頭が飽和し、考えることすらままならず。それでも、もはやディアンの意思では止められないのだ。

聞こえてきた水の音に、目的地が近いと知った身体が、広場に躍《おど》り出る。そんな姿を見た誰かが、いつものようにディアンがいると囁き合う姿など、目にも入らない。

視線は東へ。暗がりの中、周囲の光に照らされる教会を見上げ、躓《つまず》きながらも走り続ける。

見やった扉は閉ざされていたが、他に入り口があることをディアンは知っていた。

正面から左へ、そのまま大きく回って裏側に。途端、人影のなくなった道を走り抜けて、ようやく足が止まる。

「っ……ま、せ……！　すいません！」

叩きつける拳は強く、叫んだ声はあまりにも聞き苦しい。呼吸が追いつかずに屈みそうになる身体を叱咤し、手は扉にしがみ付いたまま。

「し、さい、さま！　グラ……ット、司祭、さま！」

何度も、何度も。叩きつけるが、扉が開くことはない。

もう休んでいてもおかしくない時間だ。迷惑だとも理解している。

それでも、ここに来なければならなかった。彼でなければ答えられない。彼でなければ聞けない。

成績を秘匿していたのが本当に王家の命であるなら、サリアナに聞くわけにはいかない。

その命令が下されていたことを彼女が知らずとも、ディアンにとっていい結果にはならないだろう。

サリアナが関与している可能性は低い。いや、低いと思いたい。だからこそ、確かめることはできない。陛下に直接伺うなど、論外だ。

陛下をよく知る人物。そして、自分の話を聞いてくれる相手。

そうなれば……もう、グラナート司祭だけだったのだ。

父ではだめだ、証拠を見せたところでまともに話も聞いてくれないだろう。

ああ、違う。そうだという予感が当たってほしくないから、ここに逃げてきただけだ。

臆病者め！　責める声が木霊して、頭が今にも割れそうだ。その痛みよりも強く、強く扉を叩き、叫ぶ。

「お願いします！　司祭様……っ、グラナート様！」

このままではディアンの拳より自分が割れてしまうと、耐えかねた扉がやっと開く。

だが、そこにあったのは同じ茶でも異なる色。違う瞳。しかめられた顔。

求めていた姿はそこにはなく……ディアンを見下ろしていたのは、ペルデだった。

「こ、んな時間に、なに」

迷惑だと、その表情は隠そうともしない。

裏口から怒鳴る声が聞こえてくれば、当然のこと。それが嫌っている相手ならば余計に。

ただでさえ狭い扉は最低限の隙間しかなく、些細なきっかけで閉ざされてしまうだろう。

だが、伝えなければならない。言わなければ、ならない。

「夜分に、すまない……っ司祭様に、話が……！」

「もう開放時間は過ぎてる。こ……こっちに来られたって、困るよ」

帰ってくれと、閉められる扉を自身の足で塞ぎ、指も割り込ませる。

ここまで強引に入るとは思わなかったのだろう。見開かれた瞳が大きく揺れるのを見ても、引くわけにはいかない。

「迷惑なのは分かっている！　だが、どうしても聞かなければならないことが……！」

「っ、騒がないで！　……父さんはここにはいないんだ。いくら言われたって会えないよ」

背後から殴られるような衝撃に、身体が崩れ落ちそうになる。

予想していなかったわけではない。だが……よりにもよって、今とは。

「そんな……っ、どこへ向かわれたかだけでも教えてくれ」

「教会の関係だ、部外者には教えられない」

「頼む、ペルデ！　どうしても聞かなければならないんだ！」

扉に力がこもる。靴に守られているとはいえ、挟まれた足先の痛みは耐えがたい。

それでも閉じさせるわけにはいかない。どうしても、どうしたって！

「ペルデ――！」

「迷惑だって言ってるだろっ！」

彼にもこんな声を出せたのかと驚けなかったのは、指先に感じた強烈な熱さのせいだ。赤い光に瞳が焼かれ、魔法を放たれたと理解したのは、仰《の》け反《ぞ》ったあと。

目の前で扉が閉まる。握り締めた拳の中、焦げた指先の痛みに呻いても、諦めるわけにはいかない。

今しかない。今でなければいけないのに。明日では手遅れなのに！

「ペルデ！　お願いだ、司祭様と話をさせてくれ！」

叩きつけた拳に返る言葉はない。だが、まだそこにいるはずだ。

どうしても諦めきれない。今を逃せば、全てがなかったことになってしまう。

この違和感を失ってはいけない。この疑問を、わからないまま放置してはいけない！

何かが、もう少しで何かが掴めそうなんだ！　ずっとわからなかった答えが、ずっと抱えていた感情の答えが、やっと！

ずっとずっと探し求めていた答えが、そこにあるはずなのに！

「ペルデ――！」

振り上げた手が宙を切る。それはディアンの願いが届かなかったからではない。

叩きつけるはずだった先。……その扉が再び、開いたからだ。

勢いを殺せなかった拳が受け止められる。見上げた先、赤い光に抱いたのは恐怖ではなく、安堵。

「し、さい、さま」

声は掠れ、とても呼んだとは言えない。それでも、見慣れた笑顔は。いつもの微笑みは、ディアンの目の前に。

「こんばんは、ディアン。……なにかあったんですね？」

支えられた手首を引かれ、身体は呆気《あっけ》なく中へ導かれる。

俯くペルデの姿も、遠くにいるシスターの姿も、今のディアンの目には映らない。

だって、いたのだから。彼が、グラナートが今、ここに。

「いらっしゃらない、の、では……？」

嘘を吐かれたと理解しているのに、呆けた口は勝手に言葉を紡ぐ。それでも見えるのは動揺する幼なじみではなく、目の前にいる彼だけ。

「……その件は私があとで言い聞かせます。ああ、これもですね」

握り込んだままだった拳をそっと開かされ、赤くなった皮膚が晒される。

空気に触れただけで痛む表面が、温かな光に包まれていく。眩しい洪水がおさまれば、痛みも同じく消えていた。

何度か握り、もう一度顔を上げる。その顔が滲みそうになって、無意識に吸った息は落ち着くには足りず。

「っ……突然の訪問をお許しください。ですが、どうしても聞かなければならないことが

「……！」

「大丈夫」

続きは、肩に当てられた手によって遮られる。

まるで幼児に対するように膝を折り、視線を合わせる表情に怒りも面倒さもない。

いつも通り。いつも通りの笑みだ。

それが隠し通した表情であろうと……どれだけディアンが安心できたことか。

「大丈夫、分かっています。……よく来てくれました」

繰り返し言い聞かされ、鼓動が落ち着いていく。

建前《たてまえ》だと分かっているのに、本当だと信じてしまいそうになる。迷惑でないはずがないのに。

面倒でないはずが、ないのに。

「少し疲れているようですね。まずは部屋で休みましょう」

「っ、いえ！　答えが得られればすぐに……！」

「ディアン」

しぃ、と。僅かに細められた目蓋より、狭められた唇の隙間は細く。空気だけが行き交う音だけで何も言えなくなってしまう。

それこそ、癇癪を起こす子どもを宥めるのと同じ。

「焦っていては、あなたも説明ができないでしょう？　少しお茶を飲んで、それからでも遅くはありません」

「ですが、」

「そうしないなら、私は話を聞かないよ」

そこで、初めて笑みが崩れる。眉尻《まゆじり》が下がり、口調が乱れ。少しだけ強く握られた手と、労るように触れられた傷跡。

己惚《うぬぼ》れでも、勘違いでもない。心配させているのだと自覚するには、それで十分すぎたのだ。

いいね、と拒否を許さぬ声すらも優しく。どうして頷かずにいられただろう。

「……ペルデ、部屋に戻りなさい。これはお前が聞いていい話ではない」

そこでやっと、今までの一連を見られていたことを思い出す。

自分の名を呼ばれた男が肩を震わせ、司祭を見る姿が、父に叱られる自分の姿と重なる。縋る瞳が地に落ち、握り締めた拳は痛々しいほどに。

そうして遠ざかっていく背を追いかけた目は、背を支えられたことで引き戻され、そのまま部屋の中へ。

通されたのは、意外にも普通の客室だった。

王城に比べれば質素《しっそ》ではあるが、言われなければ教会内部とはわからなかっただろう。

目の前に座っている男が司祭服を脱いでいるならばなおのこと。改めて、ここが彼らの居住空間であると認識し、胸に陰りが差す。

本来なら、ディアンが訪れていい場所ではない。それもこんな遅くに、なんの約束もなく。

心拍が落ち着くにつれて、その後悔は膨らんでいく。

勢いで来るべきではなかった。問われたところで司祭様も困るだけなのに。

証拠はまだ手に握り締めたまま。気付いて整えても皺は戻らず、まるでディアンの胸中を表しているかのよう。

「砂糖とミルクは？」

俯いたディアンに投げられる問いは軽く、それがわざとであるのは考えるまでもない。

ここに来て数分も経っていないのに、数時間も過ごしたような錯覚を抱くのは、まだ収まりきらない焦りのせいなのか、後悔からくる居心地の悪さからか。

「あ……だ、大丈夫です」

「じゃあ、少し甘めにしておきましょう。その方がおいしいですからね」

いらない、と答えたはずの言葉を受け流されたのもわざとだ。

透き通った赤茶色がみるみるうちに濁り、水面に波紋が二つ。差しだされたカップから漂う香りが、優しくディアンの鼻腔《びこう》をくすぐる。

誘われるまま手に取り、そのまま口の中へ。舌に残るほのかな甘みに自然と息が深くなり、喉を通る熱さに身体が冷え切っていたのを自覚し、力が抜けていく。

「……ほんとうだ、おいしい」

「お菓子があればよかったんですが、あいにく切らしていて……次までには用意しておきますね」

とっておきのお店を知っているんだと、交わす会話はいつもと同じ、穏やかで優しい一時《ひととき》。

「……ペルデのことは、私から謝らせてください」

続いたのは、本当に次はあるのかと笑うまでの僅かな間。カップを置いた司祭が、その笑みを消すまでの数秒のこと。

手元が揺れ、中身がこぼれそうになる。

皺にまみれた書類からやっと手を離し、両手で包んだカップは温かく、ゆっくりとディアンを落ち着かせてくれる。

「あの子があんなことをするとは……」

「……僕も、少し驚きました。ですが気にしていません」

建前ではない。本当に、怒りよりも驚きの方が勝っているのだ。あのペルデが、互いに夢中であったとはいえ、あんなに声を張り、魔法まで放ってきた。

それほどまでに嫌われていたということでもあるが、その行動に値することをした自覚は十分すぎるほど。

彼にとっては、この場所に来られるのは、家の中に入り込まれたも同じ。開放されている部分でも嫌だっただろうに、無理矢理押し入ろうとしたのだ。ペルデを責めることはできない。

「今回は僕が悪いんです。……どうか、彼を怒らないでください」

「……その気持ちだけ、受け取っておきます。ですが、私がいないと嘘を吐いたことも、危害をくわえたことも、簡単に許してはならないことです」

そして、そう答えたグラナートの考えも理解できる。

正当な理由もなく、一般人を攻撃するなど本来はありえないこと。まだ正式に従事していなくとも、世間はそう見ないだろう。

ただでさえ、精霊門の件がある。どのような理由があろうと、間違いは正さなければならない。本人がどう思っても、どれだけ気に食わないとしても、守るべき規則は存在する。

それはねじ曲げられていいものではなく、そして……ペルデに限ったことでは、ないはずで。

「それより、気分は落ち着いてきましたか？」

意図的に逸らされた話題を追いかけることはできず、緩く頷く。様々な感情で絡まり合った脳内は、与えられた温もりで落ち着いてきたようだ。

「……はい、ありがとうございます。こんな時間に本当にすみません。答えをいただけたらすぐに帰りますから」

「時間なら気にしなくていいですよ。あとで使いを出して、一晩泊まることは伝えておきますから」

思わずカップを落としそうになり、慌てて机に置き直す。ソーサーに掠れた底が歪な音を立てたが、気に留めることではない。

「そこまでしていただく必要は……！　教えていただけたらすぐに帰りますから！」

無理矢理押し入ったとはいえ、こんなに大事《おおごと》にするつもりはなかった。本当に、答えが得られたらすぐに戻るつもりで……！

「あんなに必死で来た君をこのまま帰せると？」

「ですが、司祭様にこれ以上迷惑をかけるつもりは……っ父に叱られます！」

自分の息子が親友のもとへ押しかけているなんて知れば、間違いなくヴァンは怒るだろう。夕食抜きなんて、生易《なまやさ》しい罰では済まない。教会に近づくことすら禁じられる可能性だって。

そうなれば、ディアンが精霊について学べる場所がなくなってしまう。

ここしかないのだ。ディアンの求める知識があるのはここしか……グラナートのもとにしかないのに。

　今ならまだ、遅くまで出歩いていただけで済む。

　それでも相当怒られるだろうが、この場所を取り上げられることに比べれば、そのぐらいなんでもない。

「本当に、これ以上ご迷惑をかけるつもりは……っ……お、ねがいします。父には……言わないでください……」

　深く、深く頭を下げる。願ったところでグラナートは聞いてくれないだろう。

　本当にヴァンが心配しているかは関係ない。だが、彼はそう判断する。

　父の親友だからこそ。ディアンを、よく知っているからこそ。

　俯いたせいで顔は見えず。だが、肌を突き刺す空気は正面から流れてくるもの。目の前の男が怒っていることは見ずとも明らか。

　ただでさえ押しかけ、そのうえにまだ願おうとしている。身勝手な振る舞いに、怒りを抱くのは当然だ。

　怯えを悟られないよう口を閉ざし、手を握り締める。答えを聞くのは恐ろしくて、されど耳を塞ぐこともできず。

　小さな溜め息は鼓膜を震わせ、跳ねる肩を誤魔化せないまま。爪は治ったはずの火傷へ食い込んで。じわり、痛む。

「……ディアン」

永遠にも思えた時間が、柔らかな声で終わりを迎える。張り詰めていた空気は嘘のように四《し》散《さん》し、最初から存在しなかったかのよう。

まだ落ち着かぬ鼓動だけがその事実を証明し、顔は俯いたまま。上げられない。

「ディアン、すまない。君を怖がらせるつもりはなかったんだ」

「……グラナート、様」

眉を下げ、苦笑し。自分の選択を後悔する男は司祭ではなく、親友の息子として向き合ってくれている。

「……ほんとうに、すまない」

「いいえ、謝るべきは僕で……！」

首を振られれば続きは紡げない。

「使いを出すかは、君の話を聞いてから判断しよう。……でも、場合によってはこのまま引き留めることになる」

「そ、れは……」

「君は大したことじゃないと思うだろうけど、僕らにすればもう十分に大事だよ」

まだ話をする前なのに決められて、呆れられないかと不安がよぎる。証拠はあるが、信じてもらえるかだって怪しい。

信じてもらえたところで……彼が、その答えを教えてくれるかだって。

「でも、ここに来てくれて本当によかった。君は無理をするきらいがあるから、本当に辛いときも頼ってくれないのではないかと心配していたんだ」

「そんなこと……」

「しかも、本人がそれを自覚していないとくれば余計にね」

そう言われても、無理をしているつもりはない。

限界まで頑張るという意味なら、確かに合っているだろう。だが、そうでもしなければディアンは人並みにはなれないのだ。

……ああ、違う。人並みになれないと思っていたから。

剣術も、魔術も、知識だって。それを計れるのは試験だけで、それが変えられていたなんて思ってもいなかった。

だから、皆も指をさし、嗤っていたのだ。

落ちこぼれだと。英雄の息子とは思えぬ弱者だと。騎士になど到底なれない愚か者であると。

だから努力してきた。他人が認めずとも、無駄だと言われようと、できる限りのことを全力で。いつだって、真剣に。

それを無理と思ったことはない。思ってはいけない。

……気付いては、いけない。

「だけど、こうしてここに来てくれた。自分では手に負えないと判断し、助けを求めに来てくれた」

こじ開けられそうになった何かから意識を逸らす。軋むのは何か。忘れようとしたのは、何なのか。

考えないようにすればするほどに、グラナートの言葉が入り込んでくる。繰り返す否定は届かず、自問自答は終わらぬまま。

「君はそう思っていないかもしれないし、消去法でここに辿り着いたのかもしれない。……それでも、ここが君の逃げ込める場所であって、本当に安心したんだ」

よかったと、笑う顔を直視できない。

限界、だったのだろうか。ただ夢中でここに来てしまった。

答えがほしいという衝動にかられるまま。それを知っているのは彼だけだと、彼にしか聞けないのだと。

だから求めただけ。だから、彼のもとに来ただけ。

――それは、逃げだったのだろうか。

「迷惑、を、かけているのに」

その答えを出してはいけないと、頭の奥から聞こえる歪な音に耳を塞ぐ。

実際に手をあてがわずとも、意識を逸らすだけでその望みは叶うのだ。

「こんなの迷惑のうちに入らない。むしろ、君が誰にも頼れず潰れてしまう方が困るな。君は親友の息子だが……それ以上に、大切な教え子だからね」

「っ……あ……」

「……さてと、」

謝罪か、感謝か。紡ぎたかったのはどちらで、本当は何を言いたかったのか。

混乱している間にカップは置かれ、手は膝の上に。見慣れた姿勢に、もう笑みはない。

「それで、何があったんだ」

足元から這い上がる恐怖は彼が返す反応か、得られる答えに対してか。どれだけ皺が寄ろうと消えない文字を見つめても、その正体は明かせない。

覚悟を決めるしかない。そのためにここに来た。

そのために、彼に……かつての英雄に、会いに来たのだから。

無言で差しだした紙の束は、抵抗なく彼の手に渡る。

「……これは、どこで」

「学園の教師たちが隠していたものです。……これが、その証拠です」

封筒に押された蝋印。それを認めた途端、司祭の顔が歪む。

「剣術や魔術も、その都度、負荷《ふか》魔法で妨害《ぼうがい》していたことも証言が取れています」

「まさか！　……いや、疑っているわけじゃない。だが……そんなこと……」

「グラナート司祭」

見据えた赤は、自分に対しての怒りではない。理解していても背は伸び、声は強張る。

それでも、答えを得るためには問わなければならない。自分の口で聞かなければならない。

「かつて、現国王陛下と共に戦った者として、教えてください」

王命は確かに下されている。他でもない陛下の名で、そこに記された名前が示す通り。

疑う余地はない。だからこそ、わからないのだ。

「国王陛下は……あの御方は、己の息子可愛さに、たかが平民の成績を捏造させるような、そんな浅はかな御方なのでしょうか」

まだ息子の成績を良くするのであれば、納得はできる。

どこかで露見《ろけん》するとはいえ、体裁《ていさい》を守らせるのであれば……まだ、呑み込むことはできた。

だが違う。ラインハルトは何もせずとも優秀だ。

剣術も、魔術も、有している知識だって。この国を背負い、我々の上に立つに相応しい人物だ。誰もがそれを認め、その未来を描いている。

本人の成績を偽る理由はない。そして……それはディアンだって同じ。

ラインハルトには敵わずとも、他にも優秀な者は何人もいた。なのに、なぜ、ディアンだけがそうされたのか。

なぜ六年間……いいや、卒業までずっと、そうされる必要があったのか。

ラインハルトに勝った記憶など一度だけだ。

それも遠い昔、洗礼を受ける前の幼い時。それが原因であるとは、どうしても……どうしても、ディアンには思えなかったのだ。

陛下がそうするに至った原因も、思惑も、ただの平民であるディアンにわかるはずがない。

分かるとするなら、それは……英雄に至るまでの日々を共に過ごし、親友とまで呼び合ったグラナート司祭しか。

「そうでないのなら、なぜこのような命令が下されたのか。僕を卒業と共に騎士にすると認めながら、今までの全てを否定させたその理由を、知らなければならないんです」

赤は下に。額に手を当て、頭を垂れた相手から、目を逸らすわけにはいかない。

答えがわからなくとも、理解できなくとも、その糸口だけでも得られるまでは、決して。

「……君を、騎士にすると。確かにダヴィード……陛下がそう言ったのか？」

「いいえ、聞いたのはサリアナ様からです。ですが、陛下も父もそれを認めていると」

昨日の反応からしても、サリアナが嘘を吐いたとは考えられない。だが、信じがたいことは変わらない。

吐き出された息は深く、重く。それでも顔は上がらず、ディアンは見つめ続けたまま。

「……ディアン」

いつまでそうしていたか。ようやく戻した顔は、とてもいい表情とは言えないもの。

固い声で、今から告げられる内容がよくないものだと察する。それでも、聞かなければならない。

「私の推測が合っているとは限らない。違っている可能性だって大いにある。……だから、落ち着いて聞いてほしい」

よぎる不安は願いからだ。違っていてほしいと。どうか、考えようとしなかった可能性を、否定してほしいのだと。

「私が知っている頃の陛下は、もう何十年も前のこと。だが、彼がそんなことを命令するとは私も考えられない。それでも王命を下したとなれば」

そこで言葉が途切れ、言い淀んでいると理解し、心臓が騒ぐ。

聞かなければならない。だが、聞きたくない。違う、知らなければいけないんだ。

今のままではいけない。このままなかったことには、決して。

「それは……」

距離が遠のいたのは、無意識に立ち上がったからだ。

聞こえた言葉を理解できない。違う、確かに届いた。だからこそ、理解したくない。

「……ディアン、落ち着いて」

司祭が立ち上がり、宥めようと伸ばされた手から離れる。

口を押さえなければ吐きそうで、でも、そんな余裕すら。

「か……え、帰り、ます、」

「ディアン！」

身を翻《ひるがえ》すより、腕を掴まれる方が早かった。

痛みはないのに力は強く、咄嗟に指で引き剥がそうとしたが、太刀打ちできない。

「帰りますっ……帰してください！」

「今の君を帰すわけにはいかない」

どれだけ足を引いても、顔を背けても、司祭がその手を離すことはない。

引き剥がそうとした腕さえも掴まれ、見上げた赤に滲む怒りに喉が詰まる。

「本当なら確かめないといけないんです！」

「確かめてどうするつもりだ！　あいつが認めて、君はどうする！」

怒鳴られ、怯み、頭の中が真っ白になる。

どうするかなんてわからない。考えられない。でも、考えていては。ここで踏みとどまっていてはいけない！

「離して、くださいっ……！」

「君は――！」

言葉は不自然に途切れ、視線が外れる。向けられた唯一の出入り口、その外から聞こえる、誰かの声によって。

解放した腕がドアノブにかかる。開け放たれたその先にいたのは、ミヒェルダと……部屋にいるはずのペルデ。

「っ……なぜここにいる、ペルデ」

衝動的に、されど抑えた声に滲むのは怒り。

肩が跳ねようと、盗み聞いていた事実をなかったことにはできない。

今までの話を聞かれていた衝撃よりも胸を占めるのは、自分がしなければならないこと。

そして、それができるのは――グラナートから解放された、今。

「部屋に戻――」

叱りつける背を突き飛ばす。前へ踏み込んだ足が倒れることはなくとも、塞いでいた扉から離すだけならそれで十分。

書簡を忘れていると気付いたのは、廊下を駆けだしてから。だが、もう戻ることはできない。戻ればもう、確かめられなくなってしまう。

「っ……ディアン！」

だから、呼び止める声が背中を貫いても、その足を止めることは……止めるわけには、いかなかったのだ。

◆◇◆◇◆

勢い余った扉が壁に叩きつけられ、鈍い音が響く。

突然の暴挙に座っていた男がしたのは、顔を上げる動作のみ。

正面から向けられる金の瞳は鋭く、痛く。されど、見つめ返す黒も同じく睨みつける。

「……こんな時間まで何をしていた」

持っていたペンを所定の位置に。手元にあった書類は脇へ。空いたスペースに両手を置き、再び金が向けられる。

扉に手をかけたまま、肩で息をするディアンに投げられたのは、その一言だけだ。怒鳴ることもない、静かに響く低い声。

いつもならそれだけで言葉が詰まり、何も言えなくなっただろう。

肺は苦しく、心臓は悲鳴をあげている。だが、あんなにも焦燥感に駆られていたのが嘘のように、心は静かだ。

大きく息を吸い、短く吐き出す。踏み出した足は、あっという間に彼の前に。父の、正面に。

「あなたに、聞きたいことがあります」

「何をしていたと聞いている」

「あなたが答えれば、僕も答えます」

問いを問いで返すのは、父が最も嫌うことだ。そして、言い返すことも同じく。

理解しても従わないのは、やはり冷静ではないのだろう。

いや、分かっている。このまま素直に答えたところで、父は自分の話を聞かない。捻《ね》じ伏せ、言い負かされ、同意以外は許されない。

今まではそれでよかった。だが、一度芽生えた疑問は、流されることを許さない。

抵抗しなければ。今、明らかにしなければ、掴みかけた真実を失ってしまう。

「門限も破り、入ってくるなりそれか。お前はいつからそんなに」

「なぜ僕の成績を改ざんするよう命じたのですか」

目が僅かに細められる。その変化の意図は動揺か、怒りか。見極めることはできず、鋭さを増す金を見下ろすだけ。

「……なにを言い出すかと思えば。もっとまともな言い訳はできなかったのか」

「教師たちが話してくれましたよ。全て陛下からのご命令であると」

予想していた言葉に対し、考えていた通りに返す。続かない言葉は、ディアンの言葉を肯定しているも同然だ。

「証拠がなければただの虚言《きょげん》だ」

「王家の蝋印が押された書簡であれば、司祭様に預けてあります。僕の、これまでの試験結果と共に」

ヴァンが立ち上がり、視線の高さが変わる。明らかな変化はいよいよ真実を裏付けるものだ。

「グラナートに迷惑をかけるなと言って、」

「――話を逸らすな！」

空気が震える。己のどこにこんな声量があったのか。

まるで少し前のペルデのようだ。その時の自分も、今の父と同じ顔をしていたのだろうか。

答えはない。知りたいのは、そんなことではない。

「司祭様は仰っていました。国王陛下の独断で命令を下すとは考えられない。今回のことがラインハルト殿下のためであるとも思えないと。それでも、もし王命を出すのであれば……」

息が震える。怯むな。恐れるな。聞かなければならない。知らなければ、ならない。

だからこそ、ディアンは声を張り上げる。

自分のために。自分自身のために。

「それはっ……あなたが関わっていると……！」

まだ十数分前。グラナートから告げられた名を、はっきりと覚えている。

もし捏造するとして、それができるとすれば一人だけ。それは、ディアンの父……ヴァンしか考えられないと。

己の息子を、意図して不利な位置に立たせる理由など見当もつかない。それでも、彼しかいないのだと！

「……今まで、あなたに恥じぬよう、努力を重ねてきました」

握り締めた手から軋む音が聞こえる。実際に色が滲まずとも、抑えきれぬ怒りは皮膚を抉っていく。

「どれだけ劣っていようと、知識が足りぬと嗤われようと、結果が出せないのは自分が至らぬせいだと……！」

そう信じていた。そう信じなければいけなかった。

否定してはいけなかった。否定すれば、それこそ弱者であると認めることになるからだ。

自分の実力を知りながらも、諦めることなく努力を重ねる。

でも、それは決して無駄にはならないと。実ることはなくとも、いつか報われるはずだと。

そして、いつか……いつか、本当に。望まれた通り、騎士になれると信じていた。ディアンは、信じていたのだ。

それなのに……ああ、それなのに！

「でも、それは全部嘘だった……！」

叩きつけた拳は、机を抉ることはない。ただ、響いた骨と肉が傷むだけだ。

なぜあんな思いをしなければならなかった。六年だ。六年もの間、ずっと！

指をさされ、嗤われ、蔑まれ！　ずっと苦しめられる必要があった、その理由を！

「――答えてください！」

金が揺らぎ、黒は揺るがず。されど、どちらも逸れることなく。絡み合った視線がほどけることも。その怒りが滲むことだってない。

響くのは、心臓が鼓膜を叩く音だけ。

数秒、十数秒。このまま終わらないと思えるほどの時間は、実際はどれほどだったのか。

長い息がその口から漏れ、金が一度閉ざされる。

その動作全てが……ディアンが望み、そうして否定されたかったことで。

「……全ては、お前を騎士にするためだ」

どんな時でも父の声は威厳に溢れ、芯があった。

こんな……こんな諦め混じりの声を、ディアンは知らない。知りたくは、なかった。

「お前が結果に満足すれば、高みを目指すことはなかっただろう。どんな評価を下されようと諦めず、揺るがぬ精神がなければ……お前が目指したのは、それほど険しい道だった」

頭の奥が鈍く痛む。覚えのない記憶を思い出そうとしているせいなのか。込み上げる感情を抑えているからなのか。

脳内にかかる霧を、強く手を握ることで振り払う。考え続けなければいけない。放棄しては、いけない。

「僕がいつ己惚れたというのですか。いつ、そう決断させるほど怠惰《たいだ》だったというのですか！」

怠けた記憶などない。認められずとも、どれだけ実らずとも、いつか結果が出るはずだと。

そう信じて、諦めることなくずっと、ずっと！

「お前が殿下に勝ったあの日だ」

もし忘れていること自体が決断させた理由であれば、まだディアンにも救いはあった。

だが、見下ろされたまま告げられた記憶は、少しも掠りはしない。

この六年間、ラインハルトに勝たないように妨害されていたのは、教師たちが証言した通り。

故に、浮かんだ唯一は……それよりも、もっと幼い時。

「まさか……記念祭の、剣術大会……？」

否定はされない。それこそが答えだ。

何の記念祭だったか、ディアンも覚えていない。就学するより前で、決勝戦で殿下と対戦し……そして、勝ったこと以外は。

それでも忘れるはずがない。物心ついた時から父に憧れ、剣を握り。努力を重ねた結果、初めて手に入れた勝利だ。

相手は幼いとはいえ、あのラインハルト。苦戦を強いられ、それでも……正々堂々と戦った結果だったはずだ。

忘れるはずがない。忘れられるはずがない。

あの日の感動も――この程度で喜ぶなと、そう冷たく言い放った父の声だって。

「たった、あれだけで……？」

「その考えこそが甘いと言っている」

頭の奥が鈍くなる。信じられないと、受け入れたくないと。

だが、告げる声はかつての記憶と重なり、ディアンを否定する。あの日のように、あの日と同じように。

まだ、ああ言われただけなら、厳しく育てたいという意図は理解できた。

そこにディアンの感情を含めないのであれば、英雄に相応しい対応だったのかもしれない。

たとえ初めての勝利であろうと、喜ぶことなく精進しろと。息子を強く育てたい故の厳しさなのだと。

「ここまでの仕打ちを受けるだけの行為であったと……本当にそう考えたのですか……？　僕がしてきたことを、全て否定するほどだと……？」

たった一度、初めて勝った子どもが無邪気に喜んだだけ。それが、教師たちに監視させ、試験の結果を捏造するほどの行為だったのか？

それが……そこまでさせるほどの咎《とが》で、あったと？

本当にそうであれば、自分の落ち度はどこにあったというのか。

「実際の成績については、都度報告を受けている。既にお前は合格基準に達しているし、剣術に関しても、魔法で妨害されながらあれだけできていれば、実戦でも問題ない。陛下も騎士団長もそう認められている。……遅くとも、卒業までには伝えるつもりだった」

「そんなこと！　誰が信じるというのですか！」

本当に試験を免除させるつもりだったと、そう言われて声を荒げずにいられようか。

「座学では及第点にも届かず、魔術はまともに当たらない。剣でさえ誰にも勝てない落ちこぼれ！　そう言われ続けた者が合格するなど、捏造したとしか思われない！」

蔑まれ、嗤われ。愚か者だと、恥知らずだと。そう言われなかった日は一度だってなかった。

今さら説明して、それを誰が……どうして信じられるというのか！

「試験を受けぬのは合格しないからだと！　英雄の顔を立てるために仕方なく入れられただけだと！　こんな方法で騎士になったって、なにも嬉しくなんかない！」

もはや試験の有無など関係ない。そう指をさされる未来は変えられない。

いつかは証明できるだろう。だが何カ月、何年……何十年。一度植えつけられた評価を覆すのに、どれだけの時間がかかるというのか。

そもそも、また捏造されない保証はどこにある。

またつけあがると思われ、繰り返されないと言いきれる確信はどこに！

「お前の感情など関係ない、これは既に定められたこと！　これまで真実を明かさなかったのは、その心の弱さのせいだ！」

肌を刺す威圧に息が詰まる。それでも目を逸らしてはいけない。逸らすわけにはいかない。

それは、負けを認めるのと同じだ。諦め、納得し、押し殺してしまう。今までと何も変わらなくなってしまう。

「他者から向けられる視線のみを意識し、己を満たすためだけに評価を得ようとする、その精神そのものが騎士に相応しくないと！　そんな邪な心を抱いたままでは、騎士にはなれないと、なぜ理解しない！」

重みが増す。喉が、空気が、頭の奥が。放棄しろと、考えるなと、押し潰されそうになる。

いつものように、いつも通りに諦めろと、鈍く、強く。

寒くもないのに歯が震え、拳は固まったまま動かず。強張った四肢《しし》が緩むことだって。

だが、流れる血潮《ちしお》が。甲高い耳鳴りが、頭の中を晴らしていく。

「……あなたは、いつもそうだった。英雄の息子として恥じぬ人間になれと言いながら、そう評価する他者の目を気にするなと。その矛盾が理解できないのは、僕があなたの言う弱者であり、至らない故であると」

ずっと目を背けていた。その矛盾に、成り立たぬ理想に。

いつかきっと理解できると、そうして望む姿になれるのだと、ずっと、ずっと。

「偽りの評価で他者を欺き、相応しくないと思い込ませ。誰にも望まれることなく、卑怯者だと嗤われる。……それが、騎士として相応しい姿だと言うのですか」

たとえ良いものを悪く見せていても、騙していたことは変わらない。

誠実であるべきだと、偽りのないよう努めろと。そう語る理想と今の姿が同じだとは、ディアンには思えない。

これが、自分が目指し、求められ続けた形だなんて……思いたくもない。

「お前が努力を重ねれば、周囲も理解する。そうでなければ、お前はそこまでの人間と言うことだ。殿下の傍になど到底――」

「その努力を踏みにじったのは、あなたじゃないのか！」

「まだ言うか！　お前は私の息子、英雄の子だ！　その肩書きが、いかに重く、どのように見られているか！　その歳になってもまだ理解できぬことこそ愚かだと、なぜわからぬ！」

怒鳴り声が遠ざかり、鼓動が強くなる。

この会話に終着点はない。矛盾は繰り返され、ディアンの心を重く沈めようとする。

だが、一度気付いてしまえば、もう知らぬままではいられない。何度指摘しようと、何度訴えようと、父は同じことを繰り返すだけ。

英雄として恥じぬように生きろと。その生き様を決める周囲の評価を気にするなと。

それを求める限り、騎士にはなれないのだと。

言っている本人でさえ、気付いていないのだろう。

だからこそ、これは終わらない。どれだけディアンが声を張り上げようと、父が折れることはないのだ。

英雄の息子として、恥じないように生きる。そう繰り返すごとに飽和する思考の奥底から、違和感が滲む。

今までは気付いていても掴めなかった正体が、込み上げる怒りで引き摺《ず》り出されていく。

気付かぬように、指摘しないように、何度も何度も埋められてきた疑問を、もう隠すことはできない。

ああ、そうだ。英雄の子。その生き様にこだわるのならば、それは、

「――メリアも、同じではないのですか」

意図せぬ言葉は、するりと出てきた。声にして初めて、朧気だった輪郭が実体を持ち始める。

そう、そうだ。英雄の子どもというのならば、誰よりも彼女がそうあるべきだ。

「メリアは関係ないだろう！」

「いいえ、彼女だってあなたの娘。英雄の子だ！　だからこそ『花嫁』に選ばれ、誰よりもその視線に晒されている！　落ちこぼれである僕よりも、世間が見ているのは彼女ではないのですか！」

関係ないはずがない。そうでなければ、彼女は『花嫁』にはなれなかったのだから！

「精霊に関することだってほとんど知ろうともしない。嫌がることは全て拒否し、泣きついて終わりにする。それが『精霊の花嫁』に相応しい姿のはずがない！」

「彼女が人として生きる期間は短い。それまで不自由なく過ごさせたいという親の気持ちがわからんのか！」

「自由にさせることと我が儘を容認することとは違う！　屋敷に籠《こも》っていなければ、それこそどんな目で見られていたか……父さんだって、本当は分かっているはずだ！」

今までは、外に出る機会はほとんどなかった。出るにしても限られた場所、人との接触を制限された状態。

その姿を見ただけでは、その内側まで見極めることはできない。

精霊に嫁ぐ存在が、精霊について知ろうともしないなど……それこそ、言われたところで誰が信じようか！

「貴族や商人相手なら、まだそれでもいいでしょう。経営に関わらず、ただ愛でられるだけの存在であるなら。ただそこにいることだけを求められるのであれば！　だが、もう二年もすればメリアは精霊と同じ存在になる。今のまま嫁げばどんな結果を招くか……あなたがわからないはずがない！」

見開かれた金を、黒は睨みつけたまま。その変化を見逃すことなく声を張り上げる。

ここまで訴えたが、何も変わらないかもしれない。結局は同じ日々を過ごすのかもしれない。

それでも、伝えられるのは今だ。今、この時しかない。

動揺した父が言い返せずにいる、今しか！

「まだ遅くない！　今からでも教育を受けさせなければ、彼女は――！」

「――嫌よ！」

頭を揺さぶる高音はまるで叩きつけるように。ディアンの叫びを容易く掻き消した拒絶は、彼の背後から。

開いたままの扉の先、可憐とは言いがたい形相で睨む少女の、歪んだ口から出たもので。

「なんでお兄様にそんなこと言われなくちゃいけないの！」

足音は荒く、口調《くちょう》は淑女とはかけ離れたもの。

一体どこから聞いていたのか。そんな疑問など、容赦なく浴びせられる言葉の前では些細なこと。

「お父様も必要ないって言っているじゃない！　加護もないくせに『精霊の花嫁』についてどうこう言わないで！」

叫ばれる度に耳鳴りが反響し、思考がぼやけていく。

あんなにも強く固めた決意は揺らぎ、顔をしかめるほどの痛みは頭の奥から。

抗《あらが》えたのは、抱いていた怒りの残り火があったから。ふつりと沸き立つ熱が、ディアンを突き動かしたからこそ。

「加護の有無は関係ない。これはお前だけの問題じゃないんだ！」

「お兄様はいつもそうだわ！　お父様に構ってもらえないからって、私にひどいことばかり！　愛されないのはお兄様が弱いせいなのに、加護ももらえない落ちこぼれのくせに！　愛されている私を嫌って、意地悪ばかり！」

ひどい、ひどい、ひどい。

繰り返されるごとに、痛みが増していく。

明らかな違和感。思考を放棄しようとすれば和らぎ、頭の中が飽和していくかのような感覚。自覚すれば、それがいかに異常であったのか。今のディアンなら理解できる。

なにかがおかしい。なにかわからないけれど、それでも……絶対に。

「嫌われているのはお兄様の方よ！　サリアナも、ライヒも、お父様もっ！　誰もお兄様なんて愛さないわ！」

こんなにも否定されているのに、心に響かない。辛いとも、悲しいとも思わない。

たとえそれが真実であっても、苦し紛れの言い訳では、ディアンを傷付けることなど、できはしないのだから。

「……では『精霊の花嫁』たりえぬお前は、本当に精霊に愛されると？」

「なっ……当たり前よ！　だって私は、」

「『花嫁』のうちはいいだろう。だが、『花嫁』でなくなったあとは？」

怒鳴り返すことも、黙ることもない。淡々と告げる声は冷たく、されど弱いものではない。

思っていたどの反応とも違い、たじろぐ姿だけは可愛らしいものだ。

欠点のない外見にそぐわぬ、十六とは思えぬ幼い言動。年に釣り合わない精神。

見るだけなら、愛でるだけなら、それでよかったのだ。

そうやって生き続けることができたなら、何も変わらずにいられたなら、それで。

今までは気付かなかった。気付こうとさえしなかった。だが……もう知らぬままではいられない。

「精霊になるというのに、その存在を知ろうともしない。人間を見守る立場になるというのに、それすらも無駄だと言う。そんな精霊を……精霊になったお前を、誰が崇め、信仰し、愛するという？」

今まで言わなかったのは、傷付くと分かっていたから。

現実を知り、ひどいと泣き、喚く妹の姿など見たくなかったからだ。

どれだけ嫌われていようと、どれだけ馬鹿にされようとも、彼にとってはたった一人の妹。そんな姿を好んで見たいと思うほど、ディアンは落ちぶれてはいない。

だが、もはや猶予《ゆうよ》はない。知らなければならない。

どれだけ残酷《ざんこく》であろうと、どれだけ辛くとも。彼女はディアンの妹である以前に『精霊の花嫁』なのだから。

「祈ったところで救いもせず、見守ることも、慈しむこともない。そんな精霊など、誰が想い続ける？　幾年もの月日が流れ、お前が人であった頃を知る者が死ねば、精霊に嫁いだ事実以外は何も残らない」

「だからなんだっていうのよ！　私は『精霊の花嫁』なんだから、崇められなくたって関係ないわ！」

「『精霊の花嫁』は過去にもいた。お前の存在を知らない民にとっては、お前はそのうちの一人でしかない。どれだけ伝記で綴られようと、讃《たた》えられぬ精霊は、忘れ去られる運命だ。……そして、精霊にとって、それは死を意味する」

見開かれた目蓋はあまりにも分かりやすく。そして、隠すことなくディアンを睨みつける。

「嘘よ！　精霊が死ぬわけない！」

「自分の存在を留めるために加護を与え、その力の対価として信仰させる。……それすらも知らない『花嫁』とは」

青ざめ、赤くなり、そうして口は開閉を繰り返す。何も紡げない唇に、もはや呆れも哀れみも抱けない。

「確かに精霊は不死身だが、絶対の存在ではない。今は誰もがお前を許し、愛したとしても、それは永遠ではない。愚かな『花嫁』など誰も許さない。そんな精霊など誰も愛することはない！」

「嘘よ、全部お兄様の嘘に決まっている！」

髪を振り乱し、否定するその姿のなんと醜《みにく》いことだろう。真実を認めようとしないその様は、到底『花嫁』とは呼べない。

「そうやって逃げたところで何も変わらない！　僕のせいにしても、お前が変わらない限り、その日は必ず来るんだぞ！」

「違うわ！　お兄様が悪いのよ！　私を騙そうとするお兄様が！　全部お兄様が悪いんだからっ！」

自分でも何を喚いているかわからないのだろう。聞きたくないのに黙らないディアンをどうにかしたくて駄々を捏ねているだけ。

意味なんてない。理解しようともしない。耳を塞ごうとする妹に、押し潰された奥歯が悲鳴を上げる。

「いい加減に――！」

――突然、光が散った。

鈍い音と共に、頭の中が膨張したような錯覚。ボウ、と響く余韻に混ざる、甲高い耳鳴り。頬に感じる熱。襲いかかる浮遊感。地面から離れる足。力の入らない腕。

横に流れていく景色を、とても長い間見つめていたような気がして……自覚した瞬間、音が戻った。

白黒に点滅する世界。その合間に見えた床が目の前に。自分の体勢を理解できず、揺れる視界を呆然と見つめる。

地面に倒れていると理解できたのは、そこに足があったから。痛みが遅れてこなければ、殴られたとさえ認識できなかっただろう。

誰に、なんて。考えるまでもない答えを求めたのは、それを受け入れられなかったからで。

「……と、うさ、」

見上げる。見上げた、はずだ。本当にそうできているかはわからないが、その顔を確かに見たはず。

されど目に映るのは、巨大な影が自分を見下ろす姿。父と同じ色の、だがなにかが違う、存在。

「いい加減にするのはお前だ……！」

濁った瞳が見下ろしている。震える声が怒鳴っている。遠くから聞こえる悲鳴のような音は、妹の泣きつく声だったのか。

「たとえ兄でも、彼女は『精霊の花嫁』だ。そんな暴言を吐いていい相手ではない！」

泣き声が木霊している。父が、なにかを喚いている。

聞こえているのに理解できない。鈍い痛みは、頬よりも頭の奥底から。飽和する脳が、ディアンの全てを麻痺させていく。

無様に這いつくばる身体へ差しだされる手はない。故に、地を削る爪を緩める必要だって。

冷めぬ頬の熱がディアンを引き戻す。違和感は強く、もはや抗えぬほどに。

「メリアに謝れ！」

「……いいえ」

滲む鉄の味に、唾《つば》ごと血を吐き出す。膝に手をつき、立ち上がった身体は目眩に支配されたまま。

ふらつく身体を支えたのは、奥底に残っていた正気。揺らぐことのなかった、その信念。

大きくぶれる世界で、見上げた金は鋭いまま。されど、その濁った光に頷くことはできない。

「あやまる、のは、あなただ」

なにかがおかしい。なにかが、ちがう。

……それでも、ここで彼女に謝ることだけは、絶対に違う。

「ぼくは……まちがって、ない」

髪を掴まれ、引っ張られる頭皮の痛みに呻く。髪が抜けていく音が泣き声に掻き消されても、なにも変わることはない。

「ひどい！　ひどいわ、お兄様！」

「っ、ひどい、のは……父さんたちのほうだ……！」

痛みで思考がままならない。ろくに反論することだってできない。

真実を知らせず、ただ愛で、傷付かないように真綿で包んだまま放置するのが正解だというのか。

その脆弱な殻が、いかに燃えやすく、広がった火を止められないと知りながら見捨てるのが、正しいというのか。

指摘することが残酷というのなら……今まで自分がされてきた全ては、なんだったのか！

振り下ろされた拳に、再び光が散る。

地に倒れ、込み上げる吐き気に呼吸もままならず。無理矢理起こされた身体は、自分で立ち

上がることもできない。

「反省するまで部屋から出すな！　食事を与えることも許さん！」

揺さぶられ、引き摺られながら聞こえた父の声は遠く。

泣き声に抱いた不快さが……ディアンの、最後の記憶だった。

◆◇◆◇◆

——気が付けば、そこは緑が溢れる空間だった。

整然と並べられた石畳を囲む、色とりどりの花たち。そのどれもが活き活きとし、調和した色彩は一つの芸術のよう。

整えられたトピアリーが何十と並び、ほとんどが円形に整えられた樹木の中、一つだけ兎を形取ったその根元。どの花よりも美しい姿に目を瞬かせる。

「ねぇ、ディアン」

丸みを帯びた頬は赤く、瞳は今よりも大きく透き通った青。蜂蜜《はちみつ》色の髪がバレッタで留められていたのはこの頃からかと思い出す。

……そう、思い出している。これは過去の出来事だ。

まだ洗礼を受ける前、父に連れられてきた王城で……サリアナと話をした、遠い記憶。

その全てを思い出せないのは、目の前で続く断片に気を取られているからなのか。

「なあに？」

意識せずとも声が出る。そう、最初こそ敬語で話していたが、彼女に嫌だと言われてからはこうなったはず。

蘇る内容に懐かしさを感じないのは、このあとに続く言葉を思い出しているから。

「ディアンは……わたしのこと、どうおもってる？」

頰はさらに赤く、目は期待に染まりながら逸れる。ディアンの手を握りながらも落ち着きなく指を動かす仕草はなんとも分かりやすい。

成長した今ならともかく、当時の自分は気付いただろうか。

己惚れではなく、これが好意からくる反応で、彼女がどんな言葉を求めていたか。

精神面の成熟は女性の方が早いとはいえ、気軽に答えてはならないことは勘付いていただろう。

理解していなくても、友人としての意味合いで、好きと言ってはいけないと。

「うん！　妹のつぎに、だいじだとおもってるよ」

他者であれば微笑ましい回答も、本人からすれば苦い記憶でしかない。

「じゃあ、わたしとずっといっしょにいてくれる？」

何が『じゃあ』で、どうしてその発想に至るのか。

単純だ。妹は家族だから仕方ないけど、次に大事なのは自分。だからディアンも自分のことが好きで、一緒にいてくれるはず。

子どもらしい考えだ。当時のサリアナがそこまで考えていなくても、好意を寄せている相手と一緒にいたいと思ったのには違いないし、その確約がほしかったのだろう。

大好きな人と、ずっと一緒に。

なんと可愛らしく、純粋な願いか。普通の女の子に言われたなら、何も考えずに返事をしたはずだ。

所詮《しょせん》は子どもの口約束。互いの感情が友情と愛情で違っていても、拒否はしなかっただろう。

……だが、どれだけ幼くとも、ディアンはその立場を理解していた。

敬語が許されていようと根本は変わらない。相手は王族であり、本来こうして話すことさえ叶わない相手。

そうだと父親から言い聞かされ、それを正しく分かっていたのだ。

この場だけ頷くこともできただろう。だが、誠実であるなら嘘を吐いてはいけない。

それで目の前の少女が傷付くと分かっていても、ディアンには、嘘の約束はできなかったのだ。

「ずっとは無理だよ、でも、」

だからこそディアンは答えた。できる限り一緒にいると。いつかその日が来るまでは、こうして会いに来ると。

嘘ではない、本当にそう言いたかった。答えたかった。

……手首に走る痛みに、阻まれるまでは。

景色が変わる。違う、変わったのは景色ではなく目の前に立つ姿だ。

見えるのは太い足。視線は遙か上。掴むのは小さな手ではなく、剣ダコのできた分厚い指。

同じ金でも、それは柔らかな髪ではなく、鋭く突き刺すような冷たい光。吊り上がった目の中、ディアンを睨む光は、そこに。

父さん、と呼ぶ声が今の自分と重なる。心臓が早打ち、息が上がる。知っている。このあとをディアンは知っている。知っているのに思い出せない。見たくない。

矛盾を正すことも、握られた手を振り払うこともできず。声は金切り音に掻き消されて――

目を、覚ます。

そう。……目を、覚ましたのだ。

真っ先に映ったのは床で、遠くには見慣れたベッド。薄暗い空間に灯《とも》る明かりはなく、手足の感覚を認識したところで、うつ伏せに倒れていたことを知る。

現状を理解すれば、自然とこうなった経緯も思い出す。

熱を持ったまま痛む頬、軋む関節、冷え切った四肢。今まで眠っていたのが嘘のように、全てがディアンに襲いかかる。

いや、眠っていたのではなく気を失っていただけだ。

身体を起こそうとして痛んだのは、強く揺さぶられた脳か、打ち付けた骨か。

時間をかけて座れば、扉の前で転がされていたことを改めて知り、込み上げる笑いはひどく乾いたもの。

せめて水が飲みたいと、なんとか立ち上がった身体が縋る扉は、固く閉ざされたまま。

鍵をかけられている事実に、もはや溜め息すら出ず。

……そういえば、食事抜きと言っていたか。水さえも与えないなら、罪人以下の扱いだ。

いや、大切な『花嫁』を傷付けられたヴァンたちにとっては、罪人と同じ。

扉の前に人の気配はするが、声を出したところで返ってくるのは罵声か、謝罪の要求か。そもそも返事があるかすら。

諦めた足はベッドに向かい、そっと腰を下ろす。後ろにも横にも倒れない身体を支えるのは、頭を覆った手だけ。

あれから何時間経ったのだろう。いや、もしかすれば十数分も経っていないのかもしれない。

腹の奥から煮えたぎるような。叫び出し、感情のまま暴れ出したくなるような。

名前の付けられない感覚はもうどこにもなく。ただ、どうしようもない虚無感で埋め尽くされている。

空腹だからだ。……なんて、自分を偽ることもできないほどに、身も心も疲れ切っている。

その原因を改めて思い浮かべることなんて、それこそ。


……全て、嘘だった。

これまでの努力も、苦労も、葛藤も、迷いも。全てが嘘で築き上げられたものだった。

今だって、本当は信じられない。全てが夢で、何かの間違いで……だが、そうして逃げることはできないのだ。

全ては現実。全て、本当のこと。目を逸らしたって、何も変わりはしない。

頬だけでなく、目元にまで込み上げる熱を、手のひらで押さえつけて止める。泣くな。泣いたって同じだ。変わらない。考えろ。考えなければならない。

気を失う前、投げかけられた言葉を思い返す。あの様子では、謝るまで出すつもりは本当にないだろう。

きっと一日……いや、ディアンが折れるまで、それこそ何日だって。

もしかして、なんて甘い考えは捨てなければ。そうやって抱いた希望を、何度掃き捨てられたか、忘れてはならない。

ディアンが謝れば終わる話だ。意固地《いこじ》になって謝らないからこそ、こうして殴られ、投げ捨てられている。

いつものように謝れば。いつものように諦めれば、それで終わる。

……だが、もうそれができないことは、誰よりもディアンが分かっていた。

英雄の子どもとしての態度を望みながら、醜態を容認することも。『精霊の花嫁』の権利ばかりを主張し、義務を果たそうとしないことも。相応しくないと言いながら理想と離れた騎士に押し上げようとすることだって、正しいはずがない。

誰も認めなくとも。そう、家族だけでなく、他の誰が否定したって。自分だけは認めてはいけない。

この感覚を、今まで目を逸らしてきたこの矛盾を手放してはいけない。

光を失わぬ黒によぎるのは、見下ろす金だ。

その強さも鋭さも父のはずなのに、あの濁った瞳が、違うと否定している。そう、まるで……何者かに、操られているような。

泥、血だまり、深淵《しんえん》。粘度《ねんど》を持った暗い色を思い出そうとすると、頭の奥が鈍く痛みだす。

その法則性だって、あると分かっているのに見つけられない。でも、偶然なんかじゃない。

確かに何かが、関係している。

考えようとすればするほどにすり抜けていく。悪態をついても掠りもせず、深く息を吐いて逃がしたまま。

きっとディアンでは掴めない。その正体を突き止めることだってできない。

だけど……確かに言えるのは、今のままではだめだということ。

ずっと騙されていたことも、自分に非がないのに悪いと認めることも。父親たちが正しいと肯定し、言われるまま騎士になることも。

そして……何も変わらぬ妹が『花嫁』として嫁ぐ姿を見届けることだって。

それが正しいとは思わない。違う、もう思いたくない。

不確かだけど、無視してはならない直感。きっと今の感覚を忘れてしまえば、また元に戻ってしまう。

最後には違和感さえ抱かなくなるのだと、ディアンの何かが訴えている。

今のままではそうなってしまう。この家に留まる限りは、ずっと。

反抗したところで、騎士以外の道は許されないだろう。既に国王陛下も、騎士団長も承諾している。なにより、サリアナがそう望んでいる限り、ヴァンが許すことはない。

仮に身を隠してギルドに入っても、すぐに気付かれてしまうだろう。雇《やと》い入れてもらうには、ディアンの顔は知られすぎている。

そもそも、他に何を目指すというのか。

なりたいものなんてない。だって、ずっと騎士になるために生きてきた。騎士になることがディアンの生きる意味だった。

それを否定した今、自分に何が残っている？

剣も魔法も、妨害されていたとはいえ本当に人並みかどうかさえ定かではない。そもそも、今まで学んだ知識だけで生きていけるほど世界は甘くない。

妹のことがあったからこそ、精霊については人一倍調べたが、それだって――

『もう十分、教会で務められるだけの知識は備わっているよ』

「……教会」

柔らかな言葉が、あの狭くとも馴染み深い部屋で紡がれた声が頭をよぎる。

本当はお世辞かもしれない。あるいは、落ち込むディアンを慰《なぐさ》めるための嘘だったかもしれない。

試しに出された問題だって、実際は試験に出ない簡単なものだった可能性だって。

……だが、ディアンにとってそれは、確かに唯一の光だったのだ。

教会に入れる者は限られている。自国の者でも信頼できなければ入る資格はないが、逆に言えば認められさえすれば、誰でも入ることができる。

実際、助けられた者が恩義《おんぎ》を返すために教会で務めることは珍しくない。

試験は聖国でのみ。それも年に何度あるか。

だが……教会に入れば、今までの知識が役に立つかもしれない。治癒魔法に関しては自信がないが、努力することだけは慣れている。

推薦状もなければ、身元を証明できるものもない。運良く入れたとしたって、結局自分は役立たずという烙印《らくいん》を押されるだけかもしれない。

それでも、ここで全てを諦めてしまうぐらいなら。

諦め、何もかも捨ててしまうぐらいならば……最後に可能性を求めたっていいはずだ。

あんなにも怠かった身体に力が戻る。立ち上がり、掴んだ鞄に詰め込むのは思いつく限りの必要品。

もう、グラナート司祭に頼ることはできない。ただでさえ迷惑をかけてしまったのだ、これ以上はディアン自身が許せない。

何より、ペルデのことがある。司祭がどれだけ隠そうとしたって、彼は全てを話してしまうだろう。

それこそ、父や妹だけでなく、サリアナにだって。問い詰められれば簡単に。

そこまでの強硬手段に出るとは思いたくないが、可能性がある時点で安全とは言いがたい。

最終的には、隣国で手続きを踏むことになる。隠れているだけでも、踏みとどまっているだけでもだめだ。

愛着《あいちゃく》のある物には視線だけ投げて、僅かな金と、換金できそうな物を鞄に突っ込む。

クローゼットから取り出したのは、一番粗末《そまつ》な黒のシャツだ。

明かりにさえ近づかなければ、この黒髪はさぞ見つけにくいだろう。

一番近い村まではそう遠くない。歩き続ければ、夜明けまでには辿り着けるはず。

資金は潤沢《じゅんたく》とは言えず、道だって舗装《ほそう》されているとはいえ、獣《けもの》が出てこない保証も、対抗する術もない。

剣がないのは心許《こころもと》ないが、中庭に行くのはリスクが高すぎる。

明らかに準備不足で、何もかもが中途半端。それでも、迷っている暇も、戸惑っている時間もない。

……行くしかない。この家を出て行くチャンスは、今夜しかないのだ。

ふと青い光が目に入り、ボタンを留める指が強張る。触れたそれは、一昨日返し損ねた、誓いの証。

……騎士にならない人間には、不要なもの。

未練《みれん》ごと外した首飾りは机の上に。それから本棚に向かい、軽すぎるそれを扉の前に。

気付かれても、これで少しは時間が稼げるだろう。隙間から聞こえる寝息はとても安らかで、起きる気配は少しもない。

シーツで作ったロープを窓の外に。窓枠にかけた足は、数分もせずに地面に辿り着く。

垂れ下がったそれを、風の魔術で窓の中へ。扉も閉めて痕跡を隠せば、あとは立ち去るだけ。

……それなのに、最初の一歩が踏み出せない。

聞こえる父の声は、幻聴だ。逃げるのかと、どうせ無駄だと。覚えのない言葉までがディアンを引き留めようとする。

うまくいくなんて思っていない。こんな突発的な行動で、準備もろくにできぬまま。隣国に行く前に野垂《のた》れ死ぬ可能性だって。

先に見つかり、連れ戻されるだろうか。そうして責められ、今度こそ、父の言う騎士に相応しい人間になるよう躾《しつ》けられるのか。

……それこそ、ディアンを殴り殺してでも。

そっと触れた頬に走る痛み。深まるのは辛さではなく、胸にこじ開けられた空虚感。

だが、そう……これは殴られたからではない。

ディアンの言葉を否定できなかったからこそ、口では説き伏せられないと判断し、殴ってきた。

その時点で、ヴァンの求める正しさとはかけ離れている。

そんな相手の求める騎士像になど――なりたくは、ない。

一歩。足を踏み出す。

踏みしめた土の音は小さくとも、それは確かに、ディアンの背を押すものだった。

4章　決別

門を抜けると、もう明かりはない。晴れていれば月が唯一の道しるべだが、雲の向こうに隠れるかどうかは、精霊の気分次第。

昔からの言い伝えがどこまで正しいかはさておき、今日はそのまま姿を隠していてほしいと願う男が一人。

途中で確認した時刻は日付を越えたばかり。道を行くのは酔っ払いか見回りの兵士だけで、その人数も少ない。

追いかけてくることに警戒していたのも、明かりが見えなくなるまでのこと。

見慣れた景色、見慣れた場所。違うのは、もう二度とこの道を見ることはないという覚悟。

森へ差し掛かるが、道は舗装されているし、一本道なので迷うことはない。

このまま何事もなければ、予定通り夜明けまでには村に辿り着けるだろう。

向かい風に身を震わせ、息を吐く。下着を合わせても身に付けている服はたった二枚。

だが、少し肌寒さを覚えるだけで、生きていくのに支障はない。

まずはローブを。それから剣を。余裕があれば食料を買って……それが無理なら、水だけでも確保しなければ。

あれもこれも足りないが、全てを手に入れるには財布の中は心許ない。なんとか資金を稼ぐ方法も見つけなければ。

指先に息を吐きつけ、僅かな温もりを貪《むさぼ》る。

ギルドに入れば食い扶持《ぶち》を稼げるが、ディアンにとっては自ら捕まりに行くようなもの。外見が知られている以上、この手は使えない。

個人で仕事を貰おうにも、大抵の依頼はギルドを通して行われる。

身元が判明していない者に頼むのは、よほど焦っているか、普通では頼めない仕事かの二択。そして、そんな依頼は大抵ろくなものじゃない。

そもそも、ギルドを通さない時点で、怪しい人間だと証明しているも同義。

子どもなら小遣い稼ぎで誤魔化せたが、ディアンはもう十七。稼ぐためには外見を変えるしかない。髪はもちろん、できれば瞳も。

……だが、染髪剤《せんぱつざい》なんて高価な物、今必要な全てを諦めても手に入るはずがない。

専用の魔術もあるが、ディアンが扱うには精度が怪しい。成功する確率も低いし、うまくいっても、毎回同じように変えられる保証はない。

その場凌ぎならともかく、それで通すとなれば、やはり現実的ではない。

分かっていて飛び出したのも、あの場に留まれないと判断したのも自分だ。ならば、どうするかを考えるのだって、自分しかいない。

吹き抜ける風が再びディアンを冷やし、どれだけ息を吐いても指先は温まらず、心の中さえ凍えていく。

体温の低下、空腹感、疲労。だが、考え事をするには最悪の条件だと笑う余裕は、少しだけ。ろくに答えが出ないなら、前に進み続けるしかない。そう終わらせるはずだった思考は、届いた音で遮られる。

……足音。

抑えているが、確かにディアンの背後から聞こえたものだ。

正確な人数は不明。気付かれたと悟られないよう、再び吐いた息の温度は感じない。

盗賊、強盗、ならず者。候補はいくつか挙がるが、どれも違うだろう。

こんな場所で待ち伏せなど、割に合わない。王都で酔っ払いの懐《ふところ》を探った方がよほど効率的だ。

ならば、彼らの狙いは……ディアン自身。

あまりにも早すぎる。いつかは気付かれると思っていたが、家を出てまだ数十分も経っていない。

しかし、澄ませた耳に届くのは、紛れもなくディアンを追いかける音。

距離はさほど離れていない。その気になれば一瞬で詰められてしまうだろう。

どうしてすぐ捕まえないのか。そんな疑問はあとでいくらでも考えられる。

……いや、慌てて来たのなら、尾行する理由はない。すぐに連れ戻せばいい話だ。

ディアンに気付かれぬまま、その行き先がどこかを突き止める。そう、それはまるで……監視と同じ。

ストン、と腑《ふ》に落ちる。そうだ、なぜ今までその発想に至らなかったのか。

昼のうちにあったことが夕方には伝わっているなんて、一度や二度ならともかく、毎回となれば不自然だ。

そう、ディアンを見張り、その行動を報告でもしていなければ、絶対に。

メリアを叱る時も、一昨日も、父はあまりにも都合良く現れた。これをただの偶然で片付けてはいけない。

ギルドは様々な依頼が集まる場所。それこそ、ギルド長自ら、人を雇うことだってあるはず。

慌てて追いかけずとも、居場所さえ分かれば連れ戻せると。そういうことなのか。

家を出ることまでは想定していなかっただろう。だが……つけられていると理解した今、父に知られるのは時間の問題。

もしかすると、既に報告されているかもしれない。今ディアンの後ろにいるのが全員だなんて考えは、あまりにも甘いもの。

舌を打ちたい気持ちを抑え、なんとか突破口を探る。

無駄な抵抗だとしても、ここで撒《ま》かなければ……それこそディアンに未来はない。

道は一本。左右は木々に囲まれ、暗がりに潜んでいるモノは目を凝らしてもわからず、生い茂った草が全てを隠してしまう。

歩みを止めないまま目蓋を伏せ、魔力を手のひらに集中させる。握り込んだその中に反発する圧を限界まで抑えて、息を吸う。

チャンスは一度。それも一瞬。少しでもためらえば、武器を持っていない自分が複数人相手に勝つ見込みはない。

その全ての目を欺くことはできない。

……ならば、その目を塞ぐ以外に方法はない。

振り返り、掲げた拳を開く――その瞬間、世界が白に染まった。

強烈な光は目蓋越しでも相当なのに、直視した彼らの痛みはどれほどか。

姿は見ないまま、呻き声を背後に木々の中へ。

ようやく目を開くと、光はまだディアンの世界を照らしていた。眩しくとも、直視しなければばそれは味方。

一気に来る疲労感に息が詰まるが、それでも足を止めるわけにはいかない。数秒だけのつもりが、想定より魔力を多く使ってしまった。

だが、反省するのは、遠くで叫ぶ声が聞こえなくなってから。

「探し——絶対に——！」

高い声はおそらく女性だ。聞き間違いかもしれないが、そんなことは確かめなくたっていい。彼らが、あるいは彼女らが、ディアンを追いかけていた。それが確定した今、もはやためらう理由などどこにもないのだから。

光が消え、視界が黒に染まる。微かな輪郭だけを頼りに進む足が何度か躓きかけても前に、ただ前に。

不意にバランスを失い、地面に崩れ落ちる。否、ディアンを受け止めたのは急な斜面だ。咄嗟に受け身を取っても、着地し損ねた足を守ることは叶わず。転がり落ちた時間は、実際は何秒のことだったのか。

地に伏せたまま、息を整える。咳き込み、俯き、不快感を飲み込んで。

激しい血流の中、やっと自分が落ちたと自覚し、遅れてやってくる感覚に眉を寄せる。

かすり傷で済んだことを考えれば被害は少ないが、立ち上がろうとした足に走る痛みだけは看過《かんか》できない。

折れてはいないだろうが、まともに歩くのは難しい。少なくとも、朝までに村に着くことは厳しいだろう。

そうでなくとも、何も考えずに走り抜けたせいで、方向まで見失ってしまった。光が見えれば推測もできたが、ディアンを取り囲むのは薄暗い闇だけ。

唯一の救いは、他に聞こえる音が何もなかったことだろう。

これで諦めたとは思えないが、それでも……ひとまず撒くことはできた。

痛手は負った。だが、まだ希望は残っている。

たとえ朝までに辿り着かずとも。逃げ切れる可能性が一段と低くなっても。まだ、ディアンには道が残っている。

村に着いたところで長居は望めそうにないが、換金して最低限の装備を揃えるぐらいならできるはずだ。

食料は……状況を見て、諦めることも検討しよう。

きゅうきゅうと鳴いている腹を無視し、空を見上げる。月は変わらず顔を隠したまま。星も姿を現さない。

とにかく、無事でよかった。だから落ち着かなければと。己を宥めるディアンに届いたのは救いの声ではなく——乾いた、何かの音。

それが、落ち葉を踏んだ音だというのを知っている。そして、それがディアンの足ではないことだって。

斜め後ろ。ディアンの死角から。身構える彼の視界に入ったのは二つの光。

音は止むどころか増え続け、不快な唸り声までもが響きはじめる。木々の影から出た足は、人間の物とは似つきもしない。

尖《とが》った耳、鋭い眼光《がんこう》。引き裂かれたような口から覗く牙《きば》が、涎《よだれ》にまみれてぬらりと光る。痩せ細った姿から伝わる気迫は、弱々しさではなく、絶対に獲物を逃《の》がさないという決意。

野犬か、魔物か。明かりがないため区別は付かず、その姿を睨みつける。

どちらでも関係ない。その牙が、自分に襲いかかろうとしていることに変わりはないのだから。

心の中で悪態をついても、この状況を変えることはできない。どうして悪いことはこうも重なるのか。

拳に魔力を溜めようとして止める。今、周囲を照らせば、撒いた追っ手に見つかってしまう。それに相手は獣。視覚を奪っても、臭《にお》いですぐ見つかるし、そもそも足で敵う相手ではない。

刺激を与えないよう、ゆっくりと荷物を下ろす。飛びかかる気配がないのを確かめ、中から取り出した革袋《かわぶくろ》の口を開く。

鈍く光る小銭の数は少ない。故に、かき集めた石を詰め込む隙間は十分すぎるほど。

土ごと詰め込んだ中はすぐに満たされ、強く口を縛《しば》れば即席の武器となる。

まだ獣たちはディアンを威嚇《いかく》し、距離を縮めてくる段階だ。これからどう狩るか考えているのだろう。ここで先手を打つほど馬鹿ではない。

目的は勝つのではなく、追い払うことだ。この危機を乗り越え……この国を、出たいだけ。

唸り声に、己の鼓動が混ざる。一挙一動を見逃さぬよう睨み合い、いつ襲われてもいいように構えた身体から、なぜか力が抜けていく。

意識しなければ、武器を握り締めた拳さえも緩んでしまいそうだ。

恐怖からではない。緊張でもない。意図せぬ反応は、まるで試合の時と同じ。息があがり、腕も、足も、頭の中さえ重く。判断さえ鈍い。

首を振っても払いきれず、姿勢を低くした獣に構え直す動作さえ遅く。

ここは学園ではない。負荷魔法をかけてくる相手はどこにもいないのに、どうして力が抜けていくのか。

これは本番だ。打ち負かされ、罵られ、馬鹿にされて終わる日常ではない。

待っているのは死だ。そう分かっているのに、どうしてこの腕に力が入らない！

焦ってはいけないと、言い聞かせたって指先から弛緩《しかん》していく。

戦わなければならない。こんなところで死ぬわけにはいかない。まだ、死にたくなんてない。

何も確かめられていない。まだ何も、何一つだってできていないのに！

視線は交互に。腕を構え、足は引いたまま。飛びかかってくるのは右と左、どちらが先か。

どれだけ恐怖に犯されていても、その瞬間を見逃してはいけない。一時《いっとき》たりとも逸らすことなく二匹を睨み、見つめ、警戒する。

——だからこそ、横からの音に反応が遅れたのだ。

揺れる音。短い声。向かってくる影。認識できたのはそこまでだった。

両腕で顔を庇ったのは無意識。恐れたのは衝撃ではなく、死。

飛びかかられ、喉を食い破られる光景に呼吸が止まって……いつまでもその瞬間が来ないことに、目を開く。

隠れていた月が顔を覗かせ、見えたのは立ちはだかる影。だが、それはディアンに覆い被さるものではない。

一つに纏めた焦げ茶色の長髪。女のように思える輪郭は、広い肩幅を捉えたことで否定される。

黒のタートルネックと、深緑の外套《がいとう》。後ろから確認できたのはそれだけ。腰に携えた剣は鞘に収まったまま。

その向こうにいる獣は微動もせず。それどころか耳は垂れ下がり、尾は足の間に。怯えているのか。目の前にいる人間に。まだ構えもしていない、その相手に。

「——去れ」

響く低音は有無を言わせぬもの。獣相手に伝わるはずもないと、そんな考えは甲高い耳鳴りによって遮られる。

眩しいとすら思う逆光は、顔を覗かせた月の光によって。

やがて獣は逃げ、男がディアンを振り返る。その顎《あご》に生えた髭《ひげ》は、どう見ても女ではない。

だが、そんなことは、もうどうでもよかった。

ディアンの視線はたった一点。自分を見つめる、その瞳に注がれていたのだから。

一日の始まり。太陽が覗くその間際。朝と夜が混ざり合う境界を切り出したような、薄く柔らかな紫。

縁取る目蓋が瞬きをしなければ、実在していると思えないほどに。それは、あまりにも不思議な光で。

「——大丈夫か？」

呆然と見上げるディアンを、目尻の下がった瞳が見つめる。

グラナート司祭と同じ垂れ目だが、柔らかさを感じないのは、相手への警戒心故か。

「凄い音がしたと思えば……こんなところでガキが何やってんだ」

盛大な溜め息が一つ。呆れを隠さぬ口調。腰に手を当て、惨状を見つめる表情は険しい。

素直に答えることも、偽ることもなく。いつまでも答えようとしないディアンに、再び吐かれた息は重い。

頭を掻く仕草に混ざるのは苛立ちか、それ以上の呆れか。

「まぁいい。……で、怪我はないな」

「……は、い。ありがとう、ございました」

二度目の問いに返せたのはそれだけ。答えながら確かめた全身に、違和感はますます強まる。

旅人、にしては荷物が少なすぎる。野宿地から離れた可能性は低い。王都はすぐそこだ、こんな場所で夜を越える必要などない。

何より……都合が、良すぎる。

襲われたのは偶然だとしても、あんなタイミングで助けに来るはずがない。

王都への道から外れ、踏み入ることのない、こんな崖の下。誰もが寝静まった夜中に。たった、一人で。

昼間なら、見回りと言えば通用したかもしれない。

だが、日付も越え、明かりも持たずにこの付近を歩いているなんて、普通なら考えられないこと。

……だが、無計画に飛び出し、道に迷った男を押さえ込むぐらいならできるだろう。

革袋を握り締めようとして、力を抜く。足を負傷している今、不意を突いたところで返り討ちに遭うだけ。

そもそも勝てるとは思えない。相手は一人でもディアンは手負い。それも、対抗手段は石の詰まった袋のみ。

「立てるか？」

差しだされた手を見つめ、小さく息を吐く。

少しでも意識すれば気付かれてしまう。一か八か、かけるのは僅かな可能性。

それでも、逃げるためには。成し遂げるためには、やるしかない。

「……ありがとうございます」

ゆっくりと手を伸ばす。そして――掴んだ手首を、思いきり引き寄せた。

見開かれる目に、土を投げつける。小さな呻きは目に入った異物にか、肩を押された衝撃か。

ろくに反応も見ないまま背を向け、踏み出した足が、想定以上の痛みに曲がる。

覚悟していたはずなのに、次の一歩が踏み出せず。それでも前に突き動かすのは、生きたいという決意。

茂みに入りさえすればまだ撒ける可能性はあると、そう抱いた希望が文字通りディアンの前で遮られる。

白く、半透明《はんとうめい》な壁。魔法で作られたそれは、先ほどまでなかったもの。

この一瞬で？　それとも、気付かれないよう先に？

不意をついても崩れず、緩《ゆる》みのない一面。それだけで、魔術は自分より勝っていると突きつけられる。

葛藤は一瞬。だが、隙を与えるのには十分すぎる時間。背後の気配に気付き、振り回した袋が男の鼻先を掠めても、それだけ。

「おいおい、随分な挨拶だな」

右腕から落ちる土塊《つちくれ》。あの一瞬で庇ったのだと理解できて、それがなんになったのか。

周囲は障壁、前には男。足は負傷し、武器なんてないようなもの。

息が震え、血の気が引いていく。支配するのは焦りなのか、諦めなのか。そのどちらでもない、何かだったのか。

逃げられない。でも、逃げなければならない。

捕まれば終わってしまう。何も始まっていないのに、まだ何もできていないのに！

「落ち着け、危害はくわえない」

それを信じるのは相当の馬鹿だ。距離は近い。少しでも踏み出せば捕まってしまう。

構える腕が、逃げ場を探す足が、突破口を見つけようとする頭が、重い。重くて、鈍くて、苦しい。

どうして、どうしてこの身体は動かない。

やはり自分は臆病者なのか。対峙するだけですくみ、動けなくなる弱者だったのか。

それでも立ち向かわなければならない。違う、離れなければ。離れて、逃げて。

逃げなければ全部、終わって――――！

「っ、……?!」

軽い衝動はディアン自身ではなく、その右手に。軽くなった感覚は、握り締めていた袋が破られていたから。

切られた隙間から落ちていく土と金貨。風の魔術だと、そう判断するために失った数秒を惜しむことはできない。

そうだと自覚した時にはもう、その薄紫は目の前にあったのだから。

トン、と。押された腹部から広がる衝撃に崩れ落ちる。

殴られたのではなく、軽く触れられただけ。

そうだと分かっているのに力が抜ける。そうだと理解しているのに、息が、できない。

ちがう、できている。でも苦しい。力が入らない。逃げないと、にげなくちゃいけないのに、はやく、

「いいから落ち着けって――おい、どうした」

男がなにか話している。聞こえている。だけどきこえない。わからない。苦しい。動かない。

息を、息をしているのに、しているはずなのに。

「おい、しっかり――……！」

指先さえも動かず、藻掻《もが》きたい四肢は這いつくばったまま。白く、黒く、点滅する視界が滲んで溶けていく。

苦しさと、悔しさと、恐怖。そのどれもが混ざり合い、ぐちゃぐちゃに溶けて、流れ落ちるのを止められない。

頭の中が痺れていく。ろくに回らぬ頭で最後に考えたこともわからないまま。

掴めない指から滑り落ちていく意識は、呆気なくディアンのもとから離れてしまった。

◆◇◆◇◆

……固い感触に目を開く。

剝き出しの岩肌。湿り気を帯びた地面。投げ出されている手。壁に映る、自分の影。

どれだけ眺めようとも景色は変わらないし、状況が変化することもない。

なぜここにいるのかと記憶を漁っても答えは出ず。無意識に吐いた息は深く、重く。

ただ、苦しくないと思ったことに、なぜか少し安心する。

ふと視界が明るくなる。否、それは入り込んだそれに目を奪われたからだ。

——白。

それは閃光のような痛みを伴う強さではない。月明かりのように、ただ優しく包み込むものでもない。

それでも存在していると。まるで自ら光り輝き、知らしめる白が、そこにあったのだ。

数拍遅れ、それが毛だと気付く。自分を覗き込む獣。狼に似た風貌《ふうぼう》に警戒するべきなのに、浮かぶのは焦りでも恐怖でもなく……美しいという賞賛。

ラインハルトのような海とも、サリアナのような空とも違う。どこまでも透き通った蒼い瞳。

不純物のない、澄み切った水を凍らせたような。冷たさよりも高潔《こうけつ》さを感じさせるそれは、まるで……冬のような。

ああ、まさしく。もし概念が形を得たとするなら、この姿はまさしく冬と呼ぶに相応しい。

「……きれい」

差しだされた頭を両手で撫でて、存分にその毛並みを堪能する。

滑らかで、柔らかくて……とても、温かい。

「――起きたか」

昔飼っていた犬を思い出していたが、不意に聞こえた低音で現実に戻される。

身体が跳ね、上体を起こす。見つめる薄紫に、全てを思い出した身体が立ち上がろうとして、
響く痛みに呻き、蹲る。

そうだ。自分はこの男に、襲われて、

「元気そうでなにより。だが、いい加減落ち着いてほしいもんだな」

ディアンが吐いた以上に深い溜め息も、その呆れた表情も、たき火は隠すことなく照らす。

火元から立ち上がり、近づいてくる男を睨みつけ、身構える。

聞こえた息に込められたものが何であれ、今度も深いものには変わりなく。

「何もしねぇって」

「……殺そうとした男を信じろと」

「あれは事故みたいなもんだろ。まさか負荷魔法でああなるとは思わんだろうが」

負荷魔法なら、それこそ嫌というほど受けてきた。自覚はなくとも、あんなに苦しかった記

憶は一度だってない。

今度こそ、息の根を止められるのか。いや、それならここへ連れてくる理由なんて……第一、この男は殺そうとしたのではなく、連れ戻そうとしたのでは……。

片や震え、片や動じず。ディアンは混乱し、男は冷静なまま。どちらが優勢か、誰の目から見ても明らか。

「ったく……ほら」

実際に見つめ合っていたのは何秒だったのだろう。

おもむろに懐を探った男が何かを投げ、思わず受け取ってしまったことを焦ったのも一瞬だけ。

握り締めた手を開くと、鈍い光がディアンの瞳へ跳ね返る。

一見すると丸く加工された鉱石は銀のようだが、たき火に反射する光は薄いピンクのようにも、水色のようにも見える。角度をつければ赤や緑にも。

少しでも鉱石について知っているなら、これが銀でないことは明らか。素材もそうだが、震えがおさまった理由は刻まれた紋章にある。

太陽を模した円。この世界に住むものなら、誰もが知っているシンボル。

それを持つことが許されているのは……。

「……教会の？」

「落ち着いたか？」

肯定はされない。だが、この紋が何よりの証拠だと男が肩をすくめる。その外見はどう見ても冒険者でしかない。

教会の関係者だと示すための証。それも、一定以上の階級でなければ所有できない。闇市《やみいち》では模造品が売られていることもあるが、希少《きしょう》な鉱石……オリハルコンなんて、そう簡単に手に入るものではない。

指で叩き、裏返し、何度確かめても、やはり素人目には本物にしか見えず、遠い記憶を思い起こす。

確か、本物と確かめる方法は……。

「少なくとも俺は罪のない奴に危害をくわえたりしない。……ほら、そんだけ元気ならこっち来れるだろ」

返事も待たず、男はたき火に戻る。証と男を交互に見るディアンの足は、その場に留まったまま。

「……その格好だと寒いだろ」

動かないのを拒絶と取ったか。眉を寄せた男が隣の空間を差す。

その反対側に戻っていた白い獣は寝ているように見えたが、耳の動きからこちらを意識していることを知る。

逃げようとしても先ほどと同じだ。それに……彼が父の命令で追いかけてきたのであれば、こうする必要はない。

四つん這いで進み、指された場所より少し離れた位置で座り直す。

『まだ警戒しているのか』と言われると思いきや、苦笑する顔から感じられるのは安堵のもの。

「……ここ、は？」

「俺らの今日の野宿地。さっきの場所から十分ぐらいだな。で、お前が気絶してたのは、半時間ぐらいだ」

先回りして答えられるのは、全て知りたかったことだ。半時間……そうなると、まだ夜明けまでには余裕がある。道さえ分かれば間に合うはずだ。

「あなたは誰で、どうしてここに？」

「さっき見せただろ、教会のもんだ。で、ここにいるのはちょっとした野暮用《やぼよう》のためだな」

思わず眉を寄せるのも当然だ。むしろ、この回答で納得できる者がいれば教えてもらいたい。

教会の所属者が、こんな場所で、それも野宿だなんて。やはりあのメダルは偽物だったのかと、自分の目を疑っても答えは出ない。

「それだけ警戒できるなら馬鹿じゃないんだろ。家出なんて止めて戻ったほうがいいぞ」

折られた枝が火元に差し込まれ、燃えていく様を、男は見つめたまま。

慌てて平然を装っても、この男には見通されているのだろう。

「……戻るつもりは、ない」

「武器もなし、資金もなし、魔力も言うほど高くなし。ついでに実戦経験もないときた。訓練こそ積んできたかもしれんが、そんな状態じゃあ死ぬぞ」

断言されても否定はできない。分かっていたつもり、知っていたつもり。

……だが、結局はこの様。

助けてもらえなければ、今こうして傷付くことも、悔やむことだってできなかった。

何もかもが足りない。そう分かったうえでただ突っ走るのは、勇気ではなく、無謀《むぼう》。

……それでも。

「…………かまわない」

「なら、今度こそ生きたまま食われるか？　あるいは餓死か、ならず者に殺されるか」

いくらでも方法はあるぞと、弄《まさぐ》られる火がパチリと爆《は》ぜる。

挙げられたどの方法でもディアンは抵抗し、その末に死んでしまうだろう。今のままでは。

今の、ままだったら。

「死ぬつもりはないし、死にたいわけでもない」

「若いなぁ。だが、そういう勇気は別のところで使うべきだ」

「経験も知識も足りないことは分かっている。資金だって、あなたの言う通り十分じゃない。

……だけど」

一度、息を吐く。否定の言葉はない。ただ、薄紫は静かにディアンを見つめるだけ。

いつもならここで誰かに遮られただろう。

父にも、妹にも、ラインハルトにも、サリアナにも。いつだって、最後まで紡げたことはない。

だが、ここには二人だけ。

名前も知らぬ男とディアンの……たった、二人きり。

「――それも含めて、僕の選択だ」

だからこそ、それは音になった。

言葉として意味を持ち、意志となって、男の耳に届いたのだ。

「あのまま訳もわからないまま生きるぐらいなら……僕は、僕の意思で、選びたい」

「意気込みだけで生きていけるほど甘くないぞ」

「……既に、思い知ってます」

じくり、動かしてもいない足が痛む。唸る獣の声が木霊し、飛びかかってくる牙が脳裏《のうり》を掠める。

あの瞬間、脳裏に浮かんだのは死だ。対策も、後悔も、すべきことなんて何も考えられなかった。

血肉となり果てることを待つしかできない、形容しがたい感覚を思い出すだけで身が震える。

拳を握り誤魔化しても、一度湧き上がった震えは治まらない。

薄紫はディアンを見つめるだけだ。睨むことも、哀れむこともなく。ただ、真っ直ぐに。

何を考えているのか、その表情から読み取ることはできない。でも、その目から逸らしてはいけないことだけは確かで。

数秒か、数分か。長いようで短い交差は、男の瞬きによって終わる。そうして伸ばされた手に仰け反り、視線は突き出した指先へ。

「治療するだけだ」

一度は解いた警戒も、触れると宣言されればそうもいかない。

判断できるのは自分の感覚だけ。信じるには……やはり、この男はどうも怪しすぎる。

「襲うつもりなら最初からそうしているし、わざわざここまで運ばない。金が目的なら、あのまま放置すればいいだけだ。俺が手を出す必要は全くない」

「……そして、あなたが僕を助ける理由もない」

ここまで運んだのは獣に襲われる恐れがあったからとしても、わざわざ治療まで施すこともないだろう。

無防備に信じてはいけない。自分は……生きて、この国を出なければならないのだから。

「お前、目の前で転んだガキがいても助けないタイプか？」

固めた決意に対し、返ってきた言葉に気が抜けそうになる。

転んだガキ……というのは、ディアンしかいない。

「いや、それは……」

「ガキが目の前で危ない目にあってりゃ、大抵の人間は、自然と助けるもんだぞ？」

「だから」

「それとも何か？　お前は、木の棒片手に熊に立ち向かおうとするガキを見殺しにするような、冷酷な奴なのか？」

畳みかけられては抗議もできない。何が言いたいかは分かるが、他に言い方はないものか。

「そうじゃなくて！　たとえが、ちょっと……」

「分かりやすくていいだろうが。……ほら、触るぞ」

知ったことではないと伸ばされた手を、今度は避けることなく。しかし、その指先が触れたのは足ではなく頬。

ヒリ、と走る痛みに、殴られたことを今さら思い出す。

「派手にやられたな。誰かに襲われたのか？」

沈黙は、説明したくない意思の表れ。

父親に殴られたなんて素直に答えようものなら、ただの親子喧嘩《げんか》と思われてしまう。

その内情がいかに複雑で、そんな言葉では片付けられないものだとしても、聞いてはくれないだろう。

「だんまり、な……まぁ、ある程度予想はできるが」

男も素直に答えるとは思っていなかったのか。諦めてくれたと安心すると、すぐに光が溢れだす。

ほんの一瞬、瞬く間に光はおさまり、痛みは嘘のように引いていた。

あまりにも早すぎる。治癒魔法を専門にしている者だって、ここまで早くはない。

「……本当に、教会の人なのか」

「まーだ疑ってたのか。野暮用で王都に行くところだ、って言っただろ」

ジトリと睨まれるが、あまり怖いとは思えない。それ以上に、答えられた内容がやはりおかしい。

「こんな夜中に、馬車も使わず？　一番近い村で泊まってから行けばよかったのでは？」

「こいつがいたからな、馬が怖がる」

そもそも教会には専用の馬車があり、長距離の移動はそれを使うのが通常だが……確かに獣が同伴では、怯えるのも仕方ない。

知能は高そうだが、大人しく後をついてくる保証がない以上、一緒に歩くしかなかったのか。

「それに、夜明けまでに着く必要があったからな。お前も似たようなもんだろ」

不満そうに揺れる尻尾を一瞥し、答えられた理由で我に返る。

そうだ、まだ夜は明けないが、余裕はない。道がわからない以上、正しい場所へ出る時間を考えても足りるかどうか。

「だから落ち着けって。足の治療がまだだ」

立ち上がるよりも先に膝を押さえられ、そのまま足首を奪われる。

中途半端な姿勢をなんとか正すも、片足は胡座《あぐら》の上で固定されてしまい、上体を維持する。

靴下まで脱がされ、露わになった部分に外傷はない。

ほんの数秒の我慢。……そう思っていたのに、光こそ満ちても痛みは引かず。

わざと遅くされていると気付いても、どうすることもできない。

「……今の、王都にいる司祭様と面識は？」

良い趣味だと悪態をつく代わりに出たのは、グラナート司祭のこと。

実際に知っているかどうかは関係ない。何も告げず去ってしまったのは気になるが、真実を知ればあの人は匿《かくま》おうとするだろう。

そして、遅かれ早かれペルデから情報が漏れてしまう。

それが成り立っている以上、こうするしか手段はなかった。そう割り切らなければ前には進めない。

「英雄様の一人だったか。実際に会ったことはないが、そいつを見せれば関係者とは分かる」

そいつ、と指された手の中。握ったままだったメダルを改めて見る。より明るい場所で確認したそれは、やはりオリハルコンで作られたものだ。

市場には滅多に流通しない高級品。加工にも相当の腕が必要になる。

それを贅沢《ぜいたく》にも証明書として利用できるのは、精霊と関わりの深い聖国にしかできないこと。

ディアンも本物を知らなければ騙されていただろう。だが、確かめる方法は存在する。

貴重な物なので一度しか見せてもらえなかったが、幼い頃にグラナートから教えてもらった。

朧気な記憶を手繰《たぐ》り寄せ、メダルを裏返す。周囲に掘られたレリーフ以外、何もないように見える表面を、魔力を込めた指でそっとなぞる。

まずは太陽の紋が浮かび、それから綴られていく文字を目で追う。

一定の魔力に反応する隠し細工は、聖国の一部にしか伝わっておらず、この時点で本物であることは証明された。

これ以上の検証は不要。だが、ディアンの目も思考も止まることはない。

過去にグラナートに見せてもらった文字は、日常で使っているものと同じだったが、今浮かんでいるのは古代文字。

多少勉強はしていたが、解読《かいどく》に自信はなく。だからこそ、必死に字を追いかける。

最初の文字は女王陛下の名前だ。次は『ちう』……違う、この文字が入っているから『ちゅう』のはず。

あとに続くのは『任命』だが、肝心の役職は擦り切れていて解読できない。

……ああ、その前に女王陛下の名前があったということは、直々にこの証を賜ったことになる。それだけで相当の地位に属することは確かだ。

少なくとも、こんな場所で野宿していい相手では、

「本当に馬鹿じゃないんだな」

顔を上げる。見据えた瞳の距離は遠いはずなのに、含んだ光に鼓動が跳ね、息を呑む。

じわじわと治されていく足は、まだ解放される兆しはない。

……読めたことに、気付いている。

「そうなると、本当に余裕がなかったわけだな。そうじゃなきゃ、もっと準備もしてただろ」

ディアンの返答を待ってはいない。彼の中では答えが出ているのだ。否定しても、軽く流されるだけ。

そもそも、何を否定するというのか。準備期間があれば、本当に万全の態勢で出られたのか？

資金を蓄え、誰にも知られぬまま衣服を揃え、そうしてなんの不安もなく、あの家を出ることができたのか？

「……どう、でしょう。旅なんて、考えたこともなかったので」

向けられた視線は、敬語になったことへの反応か。

もう偽物と疑うほど馬鹿ではないし、女王に親しい者と知ってまでタメ口でいられるほど豪胆《ごうたん》でもない。

「今と変わらない格好だったと思います」

「少なくとも厚着はできただろうな」

「……たぶん」

日頃から監視されていたとすれば、購入した時点で報告されていただろう。そうして没収されるか、責められるか。

断言できないのは、そもそも寄り道自体を禁じられていたからだ。許可されていたのは本屋と教会だけ。

そんな場所へ行く余裕があるなら鍛錬をしろと。騎士になるためには、遊んでいる暇なんてないと。

一度だけ連れて行ってもらえた祭りも、剣術大会に出るため。

煌びやかな装飾も、見世物も、食べ物も。許されたのは妹だけで、ディアンは視線を向けただけでも怒られた。

こうして思い返すだけでも相当な扱いだ。でも、それは全て自分のため。騎士になるべく、厳しく躾けてくれているのだと思っていたからで。

……そうではないと知った今、この胸に渦巻く感情を、どう呼べばいいのか、わからない。

「ガキつったが、実際は？　何歳だ」

問われ、瞬き、口を閉ざす。

音は息にすらならず、形容しがたい感情は、込み上げた衝動で押し流されてしまう。

「言いたくないか」

「ちが、……あ……えっと……」

沈黙を拒絶と捉え、咄嗟に否定しても次が出ず。どうにも視線が定まらずに俯いてしまう。

「……そ、の……」

言い出せぬまま、わだかまった言葉を吐き出し。どれだけ沈黙しようと、治療を続ける男の視線は逸れぬまま。

待つ姿は、焦らなくていいと言ってくれているようで。無意識に握った拳を、そっとほどく。

「……今日が、誕生日だったなと……気付いて」

思い返せば予兆《よちょう》はあった。サリアナの言っていた早いお祝いも、必ず来るように言っていたグラナートも、ディアンの誕生日を覚えていたのだ。

父も、妹も。本人でさえ忘れていたというのに。

いつもなら、ただ一つ年が増えるだけ。

だが、今年は違う。今回だけは……ディアンが最も、恐れていた日。

「そりゃあ、めでたいな。で？　何歳になった」

「……十八、です」

「なら成人か。ますますめでたいこった。なら洗礼は……受けてるわけねぇか」

痛んだのは足首ではなく心臓だ。悪意はない。誰にとっても十八を迎える日は特別だ。

成人になり、二度目の洗礼を受け、そして精霊から加護を授けるに相応しい人間であったかを見定められる。

ほとんどが一度目と変わらず、相応しくなくとも別の精霊から授かり、どうなろうと取り上げられることはない。

最初から加護を授からない人間なんて存在しない。

……存在しなかったのだ。ディアンが洗礼を受ける、その日までは。

通例であれば、誕生日の午前中に教会で洗礼を受ける。

目指す村にも教会はあるが……誕生日であると知った今も、入ることはない。

「……洗礼を受けないと、罰則《ばっそく》はありますか」

気付けばそう尋ねていた。明示《めいじ》はされていない。なぜなら、受けない理由なんてないからだ。

どの精霊から授かったかで、人生が大きく変わることだってある。だから、知らないまま生きる者はいない。それを自ら選択する者なんて、いない。

だからこそわからない。受けなければどんな目に遭うのか。教会から罰を与えられるのか、それすらも定まっていないのか。

過去に例がないとして……それをどのように、判断されるのか。

「怖いのか？」

「……たぶん」

答えは疑問で返される。はぐらかされたこと自体が、前例がないと肯定しているようなもの。

「煮えきらねぇな」

想像以上に刺さった言葉に追及はできず、曖昧《あいまい》な回答に男は苦笑するだけ。

「何を恐れている」

「……些細なことです。それに、言ったところで信じないでしょう」

今回も加護が得られないかもしれないなんて、他人にすればどうでもいいことだ。そして、誰も信じない。

この世界では、生まれてすぐ捨てられた孤児《こじ》でも、どんな悪事を働いた者でも、精霊に愛される力を授かる。

一度目がただの事故だったとして。それが二回続けば？　二度目も、同じだったら？

……そう考えることさえ、耐えがたい。

「本当に些細だと思っているなら怖がることもない。そして、信じるかどうかはお前じゃなくて俺が決めることだ」

自然と顔が上がる。再び絡んだ視線、その薄紫は呆れも笑いもしていない。

ただ、細められた瞳の中。火に照らされたその光は柔らかく、温かく。

「話してみろ。どんなことでも笑ったりしない」

信じる要素はどこにもない。出会って数刻も経っていないうえに、気絶までさせた男だ。

教会関係者と分かっていても、こんなことを話す理由にはならない。

理解している。頭では、分かっている。

それなのに、力が抜ける理由は、なんだったのだろう。

「……一度目の洗礼の時、私は……加護を、授かりませんでした」

するり、零れ落ちた言葉が響く。

眉は上がらず、唇も動くことなく、続きを促したのは視線だけ。

「父は、その……功績を立てた偉人なのに、私は剣も魔術もだめで。いや、それは結局、正当ではなかったのですが、でも、落ちこぼれであることは変わらなくて……」

そう、結局は落ちこぼれだ。剣ではなく即席の武器でも、身体は重く、鈍かった。

死にたくないと願いながら、何一つ叶うことなく……この男がいなければ、こうして語ることだって。

確かに、ディアンの成績は捏造されたものだが、今さら加護を授かったって評価は変わらない。

そのうえで、本当に何もいただけなかったら。今度こそ何もないと証明されてしまったら……。

「分かってるんです。洗礼を受けずとも結果は変わらないと。知らないままでいれば楽だから、知りたくないということも。……どれだけ逃げていたって、いつかは受けなければならないことも」

その日はいつか来るだろう。ディアンが教会に赴《おもむ》くなら、遅かれ早かれ確かめなければならない。

「それでも、せめて隣国に着くまでは……それまでは、洗礼を受けないままでいられたら……」

「隣国っていうとオルレーヌか。……なるほど」

約束した通り、男は笑うことはなかった。否定もせず、ただ何か納得したように頷いている。

そうかそうかと繰り返す言葉に、どう反応すればいいかわからず、まだ治らない足を見つめる。

「よし」

張りのある声は、治療を終えた掛け声ではない。

「ここで受けるか、洗礼」

「……はい？」

光がおさまっても足は解放されず。そんな突拍子もない提案に笑う男の顔を見つめ、耳を疑うのが精一杯。

「いい返事だ」

足が自由になっても、それどころではない。

傍らで眠っていた獣さえ吠えるぐらいには、訳のわからないことを言われた気がする。

「いや、そういう意味では……というか、今なんと？」

「ここで受けりゃいいだろ、洗礼」

「僕の話、聞いてました？」

靴を戻しながらも否定はしっかりと。

さも当然と言わんばかりに返ってきた答えに、耳ではなく相手の正気を疑うのは許してもらいたい。

洗礼を受けたくないと言って、この流れにはならないはずだ。普通なら、普通であれば。

いや、この男が普通かどうかはさておき、許容《きょよう》しがたい状況なのは間違いない。

「聞いてたからやるんだろ。……あー、吠えるな吠えるな」

なおも否定され、矛盾する答えに頭が回らなくなる。いや、一体どうしてそうなったのか。

吠える獣を制しつつ、積み上げていた枝から太いものを引き出す。もはや薪《まき》と呼ぶべきそれを、ナイフで削る動きに迷いはない。

「これでも資格持ちだからな、洗礼ぐらいはできる。それに、本来なら受ける場所も時間も決まっちゃいないんだ」

「……そう、なんですか……？」

そんなの、司祭様からも聞いた覚えはない。

教会が設立される前はそうだったのかもしれないが……それこそ創世記にまで遡《さかのぼ》るのでは。

「決めとかないと永遠に終わらないからな。ひっきりなしに来られても対応できんだろ。それに、精霊王の像がある方がイメージしやすいってのもある」

「それは……そう、ですけど」

地方ならともかく、王都なら人足《ひとあし》は途絶えない。隔《へだ》てなく受け入れるとはいえ限度がある。ただの祈りだけならまだしも、洗礼には手続きも伴う。事務的な都合で決められているのなら、確かに納得はいく。

「日が沈んでいようが昇っていようが、精霊には関係ない……っと、ほら」

とても教会の者とは思えない発言が出たところで差しだされたのは、手のひらサイズの木彫り。ナイフで付けられた凹凸《おうとつ》は、よくよく見れば人のように見えなくもないが……。

「聖像代わりの精霊王だ」

「罰が当たりますよ？」

……まさかと思ったが、やはりそうだった。

即席にしてはよくできているが、こんなの教会の者が見たら憤慨《ふんがい》ものだ。

いや、作ったのは同じ従事者だが、それにしたって扱いがひどい。

「……あぁ、髭が足りなかったか」

否定を不満と捉えたか、木彫りと睨み合った男がさらに悪行を重ねていく。どう見たってそこは口とは思えないし、やはりただの凹凸にしか見えない。

これが精霊王だと言われて、何人が納得するだろう。いや、売り物ではないから許されるのか？

それとも、聖国ではこういうのが主流……？

「これでどうだ。今ならオマケで火も付けてやるぞ」

「本当に怒られますよ⁉」

前言撤回。一体この世界のどこに、精霊王に火を放つ教会従事者がいるのか。

似てなくとも精霊王と断言したあとでそんなことをすれば、本気で罰が当たる。

あるいは女王陛下に近しい者だからこそ許されているのか？

……そんな人物が、本当にどうして、こんな場所に。

「まぁそう堅く考えるな。要するに仮ってことだよ」

さらなる改良、もとい改悪を重ねる男の手元には狂いも迷いもない。焦りはディアンの中にだけ。

「ここに司祭はいないし、お前が洗礼を受けたことを証明できる者だっていない。……だが、気分は味わえる」

ふぅ、と吹き付けた息で木屑《きくず》が舞う。改めて見せられた像は、先ほどより確かな輪郭《りんかく》を持っていた。

造られた表情に威圧感も尊厳もなく……故に、ディアンが恐怖心を抱くこともない。

「こんなもんでも受けたって考えりゃ、罪悪感も薄れるだろ。気休めだよ、気休め」

どうする、と問われても即断はできない。

こんな方法。こんな場所。何もかもがちぐはぐで、誰が聞いたっておかしいと答えるだろう。

雑に造られたオルフェンの像。月明かりも届かない洞窟の中。いるのは怪しい教会関係者と獣だけ。普通なら納得できない、憤慨して当然の状況。

こんなものでは加護などいただけない。これで受けたって、精霊には届かない。

……そう、加護を与えられなくて当然。

だから、何も怖いことは、ない。

「最低限の作法だけ守りゃあいい。説明はいるか？」

「……宣言だけすればいいと？」

「そういうことだ。で、受けるか？」

そんな簡略化された洗礼なんて前代未聞だ。これで満足できるかはさておき、気休めになるなら受けない理由はない。

罰が下りなければ、の話にはなるが……そもそも、加護を与えたくない相手を見ているはずもない。

息を吸って、大きく吐き出す。それから片膝を立てて座り、手は胸元へ。顔は、下へ。

「そんな堅苦しくなくてもいいだろ」

目を瞑ると、呆れたような声が降ってくる。

斜め前に置かれたのは木像か。いくら似ていないとはいえ直視する勇気はなく、頭は垂れたまま。

「気休めとはいえ洗礼でしょう。それに、こうした方が実感を得られますから」

「受け方は人それぞれだからな。別に構わないが……さて」

足音が遠ざかり、数歩前で止まる。

本来なら司祭が立つべき場所で男が見下ろしているのを感じ取っても、気は緩んだまま。

「始めるぞ」

そうして定文通り読み上げられ、ディアンは宣言し、終わる。

適当でもいいから言っておけと茶々を入れられることも想定し、何を誓うかと考えて、

——その全てが、背筋に走る震えで吹き飛んだ。


音が、消える。

甲高い耳鳴りのような、低く唸るような。されど音ではないなにかが鼓膜を揺さぶり、支配する。

座っていなければ地に這いつくばっていただろう。

それほどまでに身体は重く、頭の先から押さえつけられているような感覚は、気のせいなんかじゃない。

寒くもないのに震えが止まらず、熱くもないのに汗が噴き出る。

喉を直接掴まれているように息苦しくて、なのに開いた口から吸える息は僅か。

組んだ指が硬直したまま動かない。聞こえているこれは耳鳴りか、血潮か、奥歯の擦れ合う音なのか。

目が焼かれる。光が満ちている。髪がなびいていないのに風が吹き荒れ、火はとうに消えたはずなのに、世界が白に侵されている。

疑問すら抱けない。苦しいのに、意識が遠のきそうなのに、気を失うことはできない。違う、

それすらも許されない。

繋ぎ止められている。なにかわからないものに、言葉にできないものに。

『第二の生を歩む者よ。汝《なんじ》、その使命を何と心得る』

声が聞こえる。聞こえたはずだ。でも、声だと認識できない。

あの男の声だとわかっている。わかっているのに頭が拒絶している。違う、違う、違う。

これは、こんなのは違う。これが洗礼なものか。こんな苦しいものが、こんな眩しいものが。

なにが雰囲気だ、なにが気軽だ。そんな文句さえ出てこない。

息を、吐く。吸ったのか。それともなにか言おうとしたのか。

そう、そうだ、問われた。問われたから答えなければならない。

嘘は許されない。そうだと理解している。それだけは分かっている。その場凌ぎではだめだ。

誓わなければ。自分がどのような人生を歩むのか。自分は、どう生きたいのか。

誓うのだ、嘘偽りなく。それ以外は許されない。許されていない。

「……ぼ、くは」

声は出ているのか。それは確かに音になったのか。震えてはいないか。

わからない。一つだって確かめられない。

それでも紡がなければならない。そうしなければならないと訴えている。

そうでなければ許されないと、自分の中のなにかが訴えている！

最初の洗礼も、昨日までの願いも、騎士になることを誓っていた。

英雄である父に恥じぬ騎士となり、サリアナを守り、妹が嫁ぐまで見守る。それがディアンに課せられた全てだった。

他は許されなかった。そうなるように言われ続けていたから、そうなることを求められていたから。

だが、今は。今は違う。

もうあの場所には戻らない。騎士にはなれない。妹を咎めぬまま見送ることだって、できるはずがない。

知ってしまった。気付いてしまった。もう戻らない。戻りたくない。

あの時の自分には、自分ではないなにかに成り果てるなんて、そんなこと！

僕は、僕は――――！

「――悔いのない人生を、全うすること」

影が差す。眩しい世界の中、導かれるように顔を上げ、目を開いた先。

あの紫が、男と同じ光が、僕を、僕を見て、見下ろして、みて、
でも、なにも、みえ、な、？

『しかと聞き届けた』

なにかがふれる。ふれている。苦しくて、辛くて、なのに温かくて、柔らかいなにか。

わからない。わからないけれど、いやじゃ、なくて、

『……汝に、――の加護があらんことを』

全てが白に攫《さら》われる刹那《せつな》。

その声は、待ち望んでいた瞬間は――確かに、ディアンへ与えられたのだ。

◆◇◆◇◆

「本当に娶《めと》るつもりですか」

周囲を照らしていた光が消え、刺すような冷気が満ちる洞窟に、唸る声が響く。

僅かに差し込んだ月明かりに反射し輝く毛皮は、猟師から見れば垂涎《すいぜん》ものだろう。

汚れ一つない白。艶やかな尻尾。手触りもさぞいいだろうと、競って矢を向けるに違いない。

その程度で捕まるような存在なら、男の傍にいることも許されなかっただろうが。

なぜ獣が喋《しゃべ》れるのかと、疑問に思う者はいない。音もなく火が灯り、たき火が再び熱を吹き返す。

問いかけられた男の返答はなく、その視線は倒れた青年に向けて。

額に滲む汗を拭う手は優しく、慎重に。表情こそ険しいが、それだけでも労っていることは十分に。

「……しかたないだろ、見かけちまったもんは」

「助けるなとは私も言いません。ですが、洗礼を受けさせる必要はなかったはずでは」

己を見ようとしないのは、それが失策《しっさく》であると自覚しているからだと。無理矢理視界に入る獣の表情は、今にも男を食い殺さんばかり。

吐き出した息は大きく、大袈裟《おおげさ》な態度はそれ以上の追及から逃れるためのもの。

だが、その程度で許せるなら、そもそも怒ることもないのだ。

倒れた青年を守るよう、身体の下に匿う獣が再び唸る。吐かれた息は演技ではなく、心の底から。

「……迎えるか迎えないかはともかく、原因はこっちにあるだろ」

「負い目があったなら聖国まで同行するだけでよかったはず。適当に言いくるめて護衛するなり、教会に身元を渡すなり、いくらでも方法はあった。迎えだって来ていたのに、それを逆に追い返すとは……」

その選択が浮かばなかったわけではないし、その方がいいとも男は理解していた。

少なくとも、こうして洗礼を受けさせ……自ら加護を与えるのが最善だったとは思わない。

「正式に洗礼を受けさせれば、他の者が相応しい加護を——」

「そして、同じ過ちを犯せと？」

火が揺らぐ。感情で物質が動くはずもないのに、その怒りに反応するかのように。

咎めた口が噤まれ、見下ろす薄紫は冷たさを増す。

十数年。人には長い時間も、彼らにとっては一瞬と変わりない。だからこそ鮮明に覚えている。

誰も加護を与えることを許されず、自身も拒んだ結果、今は青年となったこの子がどれだけ傷付いたことか。

誰もが加護を授かる権利がある。どれだけ濁った魂であろうと、不確かな形であろうと、例外は存在していなかった。

いつものように拒否すれば、誰かが加護を与えると。

……それがここまで拗《こじ》れてしまったのは、男たちの事情でしかない。

勝手に婚姻を結んだ父親。残される者が可哀想だと、過剰に加護を与えた妹。いつも通り流せば終わる話だと、意地になって加護を与えなかった自分。

……これらのどこに、この青年の落ち度があったというのか。

「贖罪《しょくざい》のつもりならば、そのまま聖国に連れて行けばよかったのです。今ここで、こんな形で与えてしまうぐらいならば、いっそ最初から与えるべきだった！　これがどういう意味か、あなたが一番理解しているはずでは——！」

声に反応したのか、獣の発する圧に耐えられなかったのか。

青年の顔は苦しそうに歪み、慌てて退いても変わらぬまま。

「……分かっている。だが、今さら取り消すことはできない」

汗を拭い、張り付いた前髪を払う。そっと流し込んだ魔力で身体は弛緩し、寄せられていた眉が緩んでいく。

揺れることのない目蓋。その奥で男を見上げていた光を思い出せば、抱くはずのなかった感情がじわりと込み上げる。

言われた通り、ここで加護を与える必要はなかったはずだ。

あれやこれやと並べているのは、全て言い訳。抑制しきれなかった欲望は、男自身も想定していなかったものだ。なぜ今さらなのかと、そう問いたいのは自分自身に。

ただ、様子を見に来ただけのはずだった。

自分たちの都合で加護を与えられなかった少年が成人を迎えるから。自分たちの都合で巻き込んでしまった彼の今後を確かめたかったから。

どうであろうと、助けるつもりはなかった。ただ、その選択を見届けるつもりだったのに。

いっそ来なければよかったのだろうか。

それとも、従者の言う通り、最初から受け入れていればよかったのか。

答えは出ず、穏やかな呼吸が戻っても、指は離れないまま。そっと頭を撫でる手つきは、労るものとはまた違うもの。

「それに、こいつも言っただろ。悔いのない人生を送ると。なら、どう選択するかはこいつ次第だ」

「加護を与えておきながら、娶るつもりはないと？」

「……無理強《むりじ》いするつもりはない」

青年から離した手が枝を折り、火の中へと突っ込んでいく。パチリと爆ぜる音は心地良くとも、獣を黙らせることはなく。

「……あの御方が納得されるとは思いません」

蒼が見つめる先、適当に造った像が男の手の中に戻る。

雑に削られた表面は、記憶と照らし合わせても全く似ていない。髭はうまく表現できているが、そこに男を見下ろす威圧感もなければ、言葉を発することもない。

……だからこそ、その化身を炎に放り込もうと、怒られることだって。

「納得しようがしまいが、こいつの意見を尊重するし、それに異を唱えることは許さない。どちらにせよ、もうこの国に置いとくわけにはいかないしな」

「どこかの無責任な男のせいで」

「そうでなくてもだろ」

返される声がないのが、なによりの肯定だ。どのような経緯でこうなったか推測できても、真相はいまだわからず。

揺るがないのは、この青年を聖国へ連れて行くことだけだ。

別の国に行きたいと言われなくてよかった。そうなれば、本当に教会へ引き渡すことになっただろう。

……せっかく手に入れた自由を手放させてしまうのは、あまりに酷なこと。

「暫《しばら》く見逃せ、ゼニス。……ほんの数カ月だけだ」

口調こそ柔らかくとも、それは命令であると。名を呼ばれた獣は理解し、小さく息を零す。

それは呑み込んだ怒りか、呆れか。あるいは、諦めだったのか。

「……初めての愛《いと》し子に、現《うつつ》を抜かさぬよう」

絞り出した苦言も、青年を見つめる視線の柔らかさには到底敵わず。たき火の前で伏せ、文字通り目を瞑った獣は、もう言葉を発することもなく。

安らかな寝息が響く中。その穏やかな顔を、薄紫は静かに見つめていた。

◆◇◆◇◆

——小鳥の鳴き声に、目を開く。

高い天井は暗く、黒く。ゴツゴツとした質感に、まだ夢を見ているのかと再び閉じる。

だが、目蓋越しの光は強く。指先に引っ掛かる土の感触はあまりにも現実味が強い。

だからこそ、もう一度目を開いても景色が変わるはずがなく……しばし、眠い目を瞬かせながら考える。

どう見てもここは自室ではないし、それどころか屋内ですらない。

随分と頭が鈍い。起きながら眠っているのだろうか。そんなにも疲れていた自覚はないが……あるいは、気が抜けているのか。

起き上がろうと動かした手が、柔らかな何かに触れる。

それは普段使っているシーツよりも温かく滑らかで、思わず夢中で撫で回す。

心なしかいい匂いもして、抱き寄せた感触さえも心地良い。埋めた頬が柔らかく包まれ、幸福感に満たされていく。

……なるほど。これはきっと、夢で、

「おう、起きたか」

ぬるり、視界に入り込む髭。茶髪《ちゃぱつ》に垂れ目だけなら司祭と見間違うが、覗き込む色素の薄い紫は、寝ぼけていたディアンの記憶を呼び起こすのに十分すぎるもの。

「――う、わっ⁉」

慌てて飛び上がったはずが、額を押さえられて地面に倒れたまま。浮いた背中が再び地に触れたところで解放され、改めて距離を取る。

……そこで毛布と思っていたのがあの獣と知っても、今は些細なこと。

「元気でなにより。だが、いきなり顎を狙ってくるのはどうかと思うぞ」

危ない危ないと手を振り、笑う男が離れていく。

消えたたき火と、外からの光。上からかけられていた布と、近くに置かれていた荷物。

徐々に思い出す記憶を整理する間もなく、屈んだ男が再び覗き込む。

「思い出したか？」

「お、はよう、ございます。……あの、」

まだ思い出せない一部を問いかけようとして、投げ渡されたそれらを咄嗟に受け取る。一つは冷たく、一つは温かい。

薄い鉄製の筒に入っているのは水。そして、細長い紙包みの中身は……おそらく、食べ物。

「先に食っちまえ。昨日から何も食ってないだろ」

少し離れた位置で座る男から、手元へ視線を移す。

雑に包まれた紙を開くと、中は予想通りパンではあったが、その形状につい眉が寄る。

サンドイッチとよく似ているが、パンは分厚く固めのもの。間に挟まっているのはレタスとハムだろうが、それにしたって随分と大きい。

そのまま口に運ぶのも、千切《ちぎ》るのも困難だ。フォークで切るタイプなら、最初から切られているだろうし……。

「毒なんて入ってねぇって」

「あ、いえ、その……」

まだ疑ってんのかと、半目で見つめられ否定するが、素直に食べ方がわからないと言っていいものか。

こんなとき、世間に対する自分の知識不足が悔やまれる。

「あー、悪い悪い。こういうの食ったことないお坊ちゃんだってこと忘れてたわ」

間延びした声はディアンを馬鹿にするものではない。

かといって真剣に謝るのでもなく、単に配慮が足りなかったと反省するだけ。

「た、ただの平民です。お坊ちゃんじゃ……」

「ただの平民は、そんな上質なシャツもズボンも着てないぞ。選んだ努力は認めるが、ちょっと無理があるな」

言葉に詰まり、自分の格好を見下ろす。汚れこそ目立つが、質の良さまでは失われていないようだ。

……改めて見れば、確かに旅の格好としては違和感しかない。

「そのまま齧《かじ》るんだ。こんな風に」

何かを持つ仕草のあとに、空虚に向かって噛み付く動作。実演されずとも意味は分かるが、困惑しないわけではない。

食べやすいようにと紙を剥がし、意を決して噛みついた先端は固く、普段食べているパンとは違いすぎる。

「ちっせぇ口だなぁ。もっと思いっきりいかないと、具まで届かないぞ」

「……行儀《ぎょうぎ》が悪いじゃないですか」

「こんな場所で食ってる時点でマナーもなんもないだろ。食えば百点、食わなきゃゼロ。……ほら」

早くしろと促され、もう一度手元を見下ろす。父親がこの場にいれば、間違いなく怒られただろうが……正直なところ、もう空腹に耐えられない。

大きく開いた口へ思いっきりパンを押し込む。ハムとレタスが一緒に噛み千切られていく感触に唸り、歯を阻もうとする固さに何度か格闘する。

一回、二回。顎を動かせば、ようやく具の味が染みこんできて……広がる美味《うま》さに、気付けば夢中で飲み込んでいた。

パンは油分が足りないせいでパサパサしているし、レタスにみずみずしさはなくハムだって薄い。それでも、満たされていく胃袋の前では不満などないに等しい。

そうして奪われた水分を補おうと水筒を傾け――襲いかかった猛烈な苦みに、思いっきりむせてしまった。

「げほっ、げほっ……！　なっ、これっ……ごほっ……！」

一体何が起こったのか。酒かと思ったが臭いはないし、吹き出してしまったそれには色も付いていない。だが、絶対に水でないことだけは確か。

「……あ、悪い。こっちだった」

改めて渡そうとしている水筒を受け取る余裕はなく。口内を満たす苦味に悶絶し、呼吸さえままならない。

背中をさすられても楽にはなれず、視界は涙で滲むばかり。

ろくに抗議できないディアンの代わりに獣が吠えても、男に堪《こた》えた様子はない。

「大丈夫か？」

「っ……こ、れ、なん……げほっ……！」

「あー、ほら。ゆすげゆすげ、飲め飲め」

蓋を捻り、中身を傾け、ディアンの口元へ運ぶ動作はもはや看病どころか介護である。

夢中で口に含み、それから吐き出しても舌の不快感は根強く残ったまま。

この世界のありとあらゆる苦味を煮詰めても、こんな味にはならないだろう。毒だと言われたって疑わない。若干痺れを感じているのは苦すぎるせいか、それとも本当に神経毒でも入っていたのか。

勢いのまま数口飲み込み、やっと呼吸が落ち着く代わりに、瞳は鋭さを増している。視線だけで殺せたなら、いくらこの男といえども無傷では済まなかっただろう。

「っ……こ、殺す気ですか⁉　今さら⁉」

「本当に間違えたんだって。こっちは俺の常備水。そっちがお前のだ」

毒でも薬でもないのにこんなにも苦いのも、それを常飲しているのも恐ろしい。一体どうして、こんなものを持ち歩いているのか。

害はないと言うが、この時点で十分不調をきたしていると、突っ込む気力はまだ戻らず。

「お詫びにイイコトしてやるよ」

「……結構です」

「拗ねるなよ、本当にわざとじゃねえんだ。もう苦いのも痛いのもないから」

拗ねてなどいない。ただ、嫌な予感がするだけだ。詫びなどいらないから、二度とあんなものを飲ませないでほしい。

そう目で訴えても、男にとっては子どもが怒ったようにしか見えないらしい。

「いいからこっち向けって」

このまま無視するつもりだったが、あまりのしつこさに折れるしかなく。聞こえるように大きく息を吐き、目つきの鋭さはそのままに男の方を向く。

なんですか、と。問うはずだった口はすかさず伸ばされた手に遮られ、頬を包まれたことで消散《しょうさん》した。

「なんっ……」

「しー……そのままな」

じわり、包まれた頬が温かくなっていく。それは男の体温だけでなく、放たれる光からも与えられるもの。

至近距離で覗き込まれ、視線の行き場を失えば目を逸らすなと言われてしまう。

一体何をされているのか見当もつかず、手が離れるまでの数秒。無言で見つめ合うことを強要され、疲れはむしろ増していくばかり。

「終わったぞ」

言うやいなや、男の手の上に水が溜まる。数秒とせず浮かび上がり、薄い半円となったそれは鏡のようにディアンの姿を映した。

こんな高度な魔法も使えるのかと感心したのは、見つめ返す己の瞳を見るまでのこと。

――深い、紫。

髪色こそ同じ黒だが、見開き、瞬くその瞳に、いつもの面影はない。

男のものよりも濃い紫。彼の色を空とたとえるなら、ディアンの瞳のそれは、花のようだ。

冬から春へと向かう、植物にとってはまだ辛い時期。肌寒い空気に晒されながら、懸命に開こうとする力強さの中に、どこか優しさも感じられる。

彼ほどではなくとも不思議な色だ。一度見れば、忘れられそうにない。

長い睫毛が混乱で震え、それから男を見つめる。その間も、その瞳は変わらぬまま。

「……偽装《ぎそう》魔法、ですか？」

「一応な。黒目に黒髪は目立つだろ？　あんまり使う機会がないから、成功するか怪しかったが……」

うまくいってよかったと、崩壊した水鏡が地面に落ちる。跳ねる水を軽やかに避けた獣の涼しい表情は、残念ながらディアンの意識には入らず。

「あの……かけてくださったのはありがたいんですが、なぜここだけ？」

黒目も珍しい方だが、目立つというのなら黒髪の方が真っ先に目につく。

そうでなくとも、偽装魔法をかけるのは髪の方が多いのだが……。

「久々で自信がなかったからな、下手な色になっても弱るし、他の連中も考えることは同じだ。瞳だけ偽装してるとは思わんだろ」

「それは……そうですが……」

もう鏡は消えたので確かめられなくとも、色は変わったままなのだろう。見えないのに落ち着かないのは、この瞳が自分を見つめる物と似ているせいなのか。

「……昨日、何があったんですか」

他にも色はあったのに、なぜ同じ色にしてしまったのか。問うのはなぜか憚《はばか》られ、代わりに口にするのは昨晩のこと。

覚えているのは、洗礼を受けるところまで。跪き、誓いを立て、そうして……気を失うまでの、あの一瞬。

疲れが見せた幻覚なのか、夢なのか。現実味はなく、それでも確かにあったはずの光景。

あの時、本当は何が起きていたのか。それを知るのは、目の前にいる男のみ。

「いや？　疲れ果てたお前が眠ったあとは何もなかったな」

「そうじゃなくて、洗礼を……」

「もう腹一杯か？」

いらないなら寄越せと手を出され、慌てて食事に戻る様子を喉の奥で笑われる。

はぐらかされたと理解しても、欲求には逆らえない。

そこそこの量だったが、二日も食べていない胃袋には丁度良く。体感的には、あっという間に食べ終わってしまった。

……その代金を払わなければならないことに気付いたのは、正直遅すぎたと思うが。

「終わったな。じゃあ出発するぞ」

「ちょ、ちょっと待ってください。お代を……！」

慌てて取り出した袋は穴が空いたまま。そうでなくとも、金はかろうじて足りる程度か。

「転んだガキに渡した飴を売りつけろってか？」

「いや、でもこれは……」

「端からそんなの期待してねえよ。それより早く準備しろって」

置いていくぞと、呆れられても理解ができず。見つめていると、握ったままだった紙を取られて丸められる。

「聖国に行くんだろ？　連れてってやる」

「えっ!?　あ、い……いや、僕は、」

想定もしていなかった提案に、そんな声が出たのは正直許してほしい。

もう疑っていないし、本当は相当な地位にいる人というのも……一応は証明されている。

そんな相手と一緒に行動できるのは心強いが、喜びより戸惑いの方が強いのも理解してもらいたい。

「目的地が一緒なら、同行したっていいだろうが。それとも、まだ休み足りないか？」

もう日はこんなに昇っていると、示された光は確かに朝とは思えない強さ。

正確な太陽の位置はわからずとも、夜はとっくに、明けて、

「い……今、何時――うっ！」

立ち上がろうとして、額に感じた痛みに呆気なく撃沈する。

パン、と心地いい音は、頭蓋骨《ずがいこつ》にまで響くよう。実際、振動ごと骨には伝わったのだが。

何をされたかは明確。信じられないのは、その強さ。人差し指で弾かれただけなのに、あまりの痛みに涙が滲んでくる。

「ちょっと遅い朝飯時ってところだな。だから、今さら慌てても遅い」

言外に落ち着けと含まれずとも、呻き声を抑えるのが精一杯。言われていることは正しいが……なんともこう、納得がいかない。

「事情はどうであれ、お前は追われていて逃げたい。俺はお前みたいに危なっかしい奴をこのまま放置しておけない。な？　利害は一致しているだろう？」

な、と言われても一体どこが一致しているのか。むしろディアンしか得なことはないはずだが……冗談であるとも、思えない。

「僕にメリットはあっても、あなたにはないでしょう。それに、王都に用事があるんじゃ……」

「さっきの飯がこの場で作ったもんだとでも？　用事ならお前が眠ってる間に終わらせてきたし、俺が戻ってもまだお前がいたら、面倒見るって決めてたんだよ」

買ってきたと理解できていたなら、もう少し考えれば想像できたこと。

反省はあとでいくらでもできる。優先させるべきは、この男がそこまでしようとする理由。

「……どうして、そこまで」

今までで一番の溜め息。何を言っているんだと隠すつもりのない視線。

「あのなぁ……いくら安全が確保されているからって、野外であんな無防備に寝てる奴が一人でいたら、今度こそ骨さえ残らんぞ」

「そ、れは……」

あんなことのあとでは仕方ないと言い返せないのは、男の言うことが間違っていないからだ。

今回は無事だった。でも次は？　資金もないのに生きていけるのか？

運良く食事にありつけたが、次もうまくいくなんて。それこそ世間知らずの考えること。

全員が彼のようにお節介《せっかい》ではない。それこそ、聖人の皮を被った悪人は想像している以上に多いだろう。

それこそ、眠っている相手を、なんのためらいもなく殺す者だって。

「戻りたいってんなら送ってやるぞ」

肩が跳ねる。口調こそ軽くとも、見つめる瞳は真剣なもの。現実を知り諦めるのか、それともこのままついていくのか。

選ぶのはディアンだと。男が、問いかける。

「どうする」

どちらでもいいと男は言う。ただじっと。ディアンの選択を待つように。

戻るのなら、確かに今しかないだろう。まだ王都からそれほど離れておらず、道案内をしてくれる男だっている。

父には怒られるが、まだ取り返しがつくはずだ。いつものように謝って、自分が間違っていたと認めて。

そして……あの日常に戻るのだ。

違和感を抱きながらそれを忘れ、否定したくともできないまま。

理念からかけ離れた騎士になり、これからも変わらず、言いつけを守るだけの存在に成り果てる。

——そんなの、戻りたいはずがない。

「……何も、お役に立てませんよ」

「最初っから期待してねぇよ。お前の仕事は、旅の作法と世間を知ることだ」

簡単そうに聞こえて、狭い世界しか知らなかった自分には、それが困難であることは想像がつく。

最低限の常識は持ち合わせていると思いたいが、世界が変わればルールも変わる。今まで通用していた全てが否定されるかもしれない。

でも、きっと大丈夫だ。だって……努力することだけは、慣れているから。

「お世話になります」

「……ほんと、馬鹿じゃないのになぁ」

居ずまいを正し、礼をすると軽い息が響く。呆れと、少し笑いが混ざったそれは、不思議と悪くない。

「ところで、名前をまだ聞いてなかったな。俺はエルド、こっちはゼニスだ」

ゼニス、と呼ばれた獣が一つ吠え、ディアンの周囲をくるりと回る。優雅に見える動作も、可憐さより雄々《おお》しさの方が勝るのは風格故か。

「……エルド様とお呼びした方が？」

「呼び捨てでいいし、ついでに敬語でなくていい。慣れないってんなら、せめて様付けはやめてくれ」

堅苦しくて嫌だと歪む表情は、ディアンへの気遣いではなく本心だろう。敬われるのに慣れていない、というよりは性《しょう》に合わないというところか。

望んで就いた地位ではない可能性が浮上し、今考えることではないと振り払う。

「僕はディアンで……す……」

途中で気付いても、言ってしまってはもう遅い。

『精霊の花嫁』の家族。その情報がどこまで共有されているかは不明だが、最低でも名前は知られているだろう。

これで連れ戻されるとは考えすぎか。でも、そのまま伝えるべきでは、なかったはずで。

「ディアンか、いい名前だ。だが、旅に慣れるまでは偽名《ぎめい》を使った方がいい。名前に掠ってないやつがいいな……なんか希望はあるか？」

知っていての提案か、ただの善意か。藪《やぶ》を突《つつ》くつもりはなく、しばらく頭を悩ませる。

希望。偽名。愛称なんて付けられたこともなければ、候補も全く浮かばず。

「あー……そうだな……」

おもむろに指先が動き、光が舞う。眺めている間に自分の名が宙に浮かび上がり、目を瞬かせる間にも羅列《られつ》が変わっていく。

魔力で文字を綴っているのだ。一瞬だけならディアンにもできるが、こんなにも自在に操るのは……よほど魔力が高くなければ難しい。

いや、あれだけの治癒魔法が使えるのなら、この程度は遊びにもならないのか。

常用語だけでなく古代語までも引っ張り出し、次々と言葉が並べ替えられる動きは忙《せわ》しない。

「……まぁ、着くまでには考えといてやる」

いよいよ目眩が起きそうになったところで、断念した男が手を払う。一瞬で四散する己の名は、もう跡形もない。

立ち上がり、臀部に付着した土を払い、手を伸ばす。

昨日とよく似た光景。違うのは、今度こそ手を握ったということ。

「よろしくお願いします。……エルドさん」

「……まぁ、それでいい」

この響きも慣れないものだったのか。それでも構わないと苦笑し、肩をすくめ。

そうして、握られたままの手から伝わる熱は……とても、温かいものであった。

書き下ろし外伝　魅入られたのは

「そんなに見つめられると穴が空いちまう」

振り向かぬまま呟かれた言葉に一つ瞬く。そこで男の背を凝視していたことを自覚し、振り返ったエルドの目から、逃げるように俯く。

正確には彼の背ではなく、揺れ続ける尾のような髪を、だったが。

「す、すみません」

「……髪が気になるか？」

尋ねる声に怒りはなく、不快さもない。純粋な疑問と共に持ち上げられる髪にまた目を奪われる。

女性はともかく、ノースディアだと男は短髪が主流。肩より長いと、大抵は他国から来た者と判断される。

ディアンでも少し長いと思われているぐらいだ。……そうでなくとも、色で悪目立ちしている。

「少し、邪魔ではないのかと」

「初めの頃は切ってたが、色々と面倒でな。今はこれで落ち着いている」

これ、と呼ばれた一つ括《くく》りが指から落ちて、その動きにまた釣られてしまう。

少し癖のある黒茶色。長旅で荒れているように見えて、太陽に反射する光沢にそれを否定される。

手触りも、ディアンが思っているより滑らかだろう。実際に触れるわけにはいかないので、想像でしかないが。

「気になるってんなら、別に切ってもいいが……」

切らない方が面倒な気もするが、そこは旅絡みの理由があるのだろうか。

聖国に着くまでの旅路で自分もそう考えるようになるのかと、訪れるかもわからない未来に想いを馳せるディアンを、そんな提案が引き戻す。

目は奪われたが、それは鬱陶《うっとう》しいからではなく、珍しかったからだ。ただ気になっただけで、切ってほしいなんて、そんなこと。

「綺麗な髪なのに、切る必要なんて、」

ないです、と。続けるはずだった言葉が、薄紫の瞬きによって遮られる。

呆けた顔は、ディアンの発言に対して。それから、口走った賞賛が同性に対するものではないと気付き、慌てて訂正しようにも、相応しい言葉は出てこない。

「いや、えっと……そ、そこまで伸ばしたのに、勿体《もったい》ないなって……」

「……それも男への言葉にしちゃあ、ちょっとなぁ」

肩をすくめ、呆れた顔をするエルドを、やはりディアンは直視できない。

これなら笑われ、馬鹿にされた方がまだマシだった。いや、下手に怒られるよりは断然いいが……なんとも甲乙《こうおつ》つけがたい。

「それに、綺麗だって言うなら、お前の方がよっぽど綺麗だろ」

次に瞬いたのはディアンの方だ。それが意趣返しであれば謝罪の一つで済む。悪かったと、そういうつもりじゃなかったのだと。

だが、彼の言葉はディアンへの仕返しではなく、されどお世辞でもない。

故に困惑し、眉を寄せる。それこそ、なんと返せばいいのかディアンは知らない。

黒い髪に黒い目。鋭い目つきは、何度睨まれたと誤解されたことか。

父と同じ茶色でも、メリアと同じ金色でもない。加護とは無縁の、不吉な色。気味悪がられた記憶は数えきれないほど。それこそ、グラナートにさえ、褒められたことはなく。

まだエルドよりは整っているかもしれないが……納得できるのはそれだけ。

「……そんなこと、ありません。皆、気持ち悪いと……」

戸惑いのあまり余計なことまで話したと気付いても、出てしまった音は止められない。

だが、今度も誤魔化すことはできず。瞳は地に落ちて、上がらないまま。

嗤う声は目の前ではなく、ディアンの頭の中にだけ。幻聴だと分かっているのに、振り払うことは、それこそ。

「そいつらが恐れたのは、髪じゃなくて目だろうな」

「……よく、睨まれているとは言われました」

「いや、違う。目つきじゃなくて瞳だ」

否定、疑問、そして戸惑い。導かれるように顔を上げれば、薄紫はディアンの瞳を貫く。

そこにはからかいも、呆れもない。ただ、真っ直ぐな光はそこに。

「まぁ、人ってのは無意識に恐れを抱くもんだ。それを不快と誤認《ごにん》して、敵意を向けることも少なくはない。そのあたりは、まだ獣の方が分かりやすいんだがな」

「え、っと……？」

仕方ない、と軽く息を吐かれても、頭に浮かぶのは無数の疑問符。

大袈裟なたとえもどうかと思ったが、わかりにくいのも考え物だ。説明してくれているのに、その意味が理解できそうにない。

それはまだ寝起きで頭が回りきっていないからか。あるいは、ディアンの無知故か。

「すみません……言っている意味が、よく……」

だからこそ、素直に問いかけ、答えを待つ。世間知らずだと自覚している。その遅れを取り戻そうとすることは何も恥ずべきことではない。

教えてくれる相手がいて、それを聞くことが許されている。ならば、何もためらうことはないのだ。

「あー……そうだな……」

解説を待つディアンに対し、エルドが零すのは間延びした返事が一つ。

その胸中で何を考えているのか、答えを仰《あお》ぐ青年に伝わることはなく。

染まりきった紫の底。もう戻ることのない、かつての色を思い浮かべていることも、気付かぬまま。


『――僕の選択だ』

エルドに刻まれたディアンの決意。その光を、彼は生涯忘れることはないだろう。

まさに黒曜石《こくようせき》にも劣らぬ輝きの中、見えたのはたき火の反射と己の姿。

エルドですら貫かれたそれは……普通の人間であれば、見透かされる錯覚を抱いただろう。

誰でも心の内を曝《あば》かれることを恐れる。それは無意識であろうと、本人に自覚がなかろうと、脅威であることに変わりはない。

その強い意志を。並外れた忍耐力を。決して折れることのない精神を。自分自身と比較してしまう。

加護を与えられなかったはずなのに、その輝きはあまりに強く。それこそ、己が内を焦がさんばかりに。

……否、加護がないからこそ。与えられなかったからこそ、この子どもはこんなにも美しく、眩しいのかと。

もう見ることのない黒は、今はもうエルドと同じ色。

瞬き、見上げる瞳は、気を抜くと引き摺り込まれそうで。

「……まぁ、今は隠しておくのに越したことはないな」

「うわっ⁉」

そんなことを考えているなんて、やはりディアンには知る術もなく。細めた薄紫が映った次の瞬間には、何かに視界を覆われ悲鳴を上げてしまう。

数秒藻掻き、手に取ったのはただの布。いつ被せられたのかと考えている間に再び頭を覆われ、影が落ちる。

「ただでさえ目立ってるんだ。頭だけでも隠しとけ」

ロープの代わりだと念を押され、ついでに頭も叩かれる。

軽い音に比例し、衝撃こそ小さく。されど、どこか心地良く。

「ほら、行くぞ」

そうして撫でる手が遠ざかり、再び黒茶の尾が揺れる。

むず痒《がゆ》いような、温かいような。形容しがたい気持ちに掻き混ぜられる紫は、やはりその先端を追いかけてしまうのだった。

あとがき

池の中からこんにちは、あひるです。

まず、本書を手に取ってくださり、誠にありがとうございます。

某流行病によりイベントに行けなくなり、でも小説は書かないと腕が鈍る。ならいっそオリジナルでも書いてみるか！

……と、軽い気持ちで手に着けたのが本作の切っ掛けでした。

初めてのオリジナル作品だし、そんな深く考えなくても書けて読めるやつがいいな～とプロットを組んだ時点では十万文字で終わる予定が、WEB版では九十万文字超えの長編に。

いつになったらくっつくねん！　と自分で突っ込みながら、本当に連載中は好きなように書かせていただきました。


さて、WEB版との大きな変更点として。エルドさん要素が増えたこともそうですが、サリアナとの繋がりがより明確になったところでしょうか。

連載当初はここまでサリアナもペルデも膨らませる予定はなかったので、より『花』兄」の世界を楽しんで頂ける内容になったのではないかなと思います。

まだこの頃はエルドさんがディアン君をクソガキ扱いしてたな～とほっこりしたのを共有しておきますね。

それと、口絵について。アヒルの鳴き声（要望）で、ちょっとした小ネタを挟んでいただきました。

ヒントは視線です。是非、戻って確認してみてください。WEB版を見ていた方ならお気付きになると思います。

最後に、書籍化にあたって「『花』兄」の書籍化を打診してくださったツギクル様。イラストを担当してくださった松本先生。

池（作業）から飛び出（相談）する度に、優しく池に戻してくださった担当様。

なにより、WEB版で彼らの物語を見守ってくださった皆様。本当にありがとうございました！

QRコードからWEB版を見る事ができます。WEB版の違い等、比較しながら引き続き「『花』兄」を楽しんでいただければ幸いです！

WEB版は
こちら！

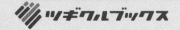

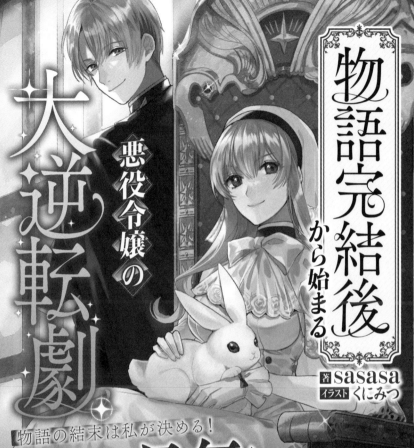

出ていけ、と言われたので出ていきます
1~4
著
枝豆ずんだ
イラスト
アオイ冬子
緑川明
婚約破棄を言い渡されたので、
その日のうちに荷物まとめて出発!
猫と一緒に
二人(?)旅を楽しみます!
イヴェッタ・シェイク・スピア伯爵令嬢は、卒業式後のパーティで婚約者であるウィリアム王子から突然婚約破棄を突き付けられた。自分の代わりに愛らしい男爵令嬢が殿下の結婚相手となるらしい。先代国王から命じられているはずの神殿へのお役目はどうするのだろうか。あぁ、なるほど。王族の婚約者の立場だけ奪われて、神殿に一生奉公し続けろということか。「よし、言われた通りに、出て行こう」
これは、その日のうちに荷物をまとめて国境を越えたイヴェッタの冒険物語。
1巻：定価1,320円（本体1,200円＋税10%） ISBN978-4-8156-1067-8
2巻：定価1,320円（本体1,200円＋税10%） ISBN978-4-8156-1753-0
3巻：定価1,320円（本体1,200円＋税10%） ISBN978-4-8156-1818-6
4巻：定価1,430円（本体1,300円＋税10%） ISBN978-4-8156-2156-8
ツギクルブックス
https://books.tugikuru.jp/

ちったい俺の
巻き込まれ
異世界生活
1～4
著 ぬー
イラスト こよいみつき
異世界転生したら幼児になっちゃいました!?
コミカライズ企画進行中！
ちったい俺でも
異世界を楽しんでいい？
巻き込まれ事故で死亡したおっさんは、幼児ケータとして異世界に転生する。聖女と一緒に降臨したということで保護されることになるが、第三王子にかけられた呪いを解くなど、幼児ながらに次々とトラブルを解決していく。
みんなに可愛がられながらも異才を発揮するケータだが、ある日、驚きの正体が判明する——
ゆるゆると自由気ままな生活を満喫する幼児の異世界ファンタジーが、今はじまる！
定価1,320円（本体1,200円＋税10%） ISBN978-4-8156-1557-4

平凡な令嬢 エリス・ラースの日常
The Everyday Life of an Ordinary Lady Ellis Lars
まゆらん
イラスト 羽公
平凡って 楽しくて たまりませんわ！
エリス・ラースはラース侯爵家の令嬢。特に秀でた事もなく、特別に美しいわけでもなく、侯爵家としての家格もさほど高くない、どこにでもいる平凡な令嬢である。
……表向きは。
狂犬執事も、双子の侍女と侍従も、魔法省の副長官も、みんなエリスに忠誠を誓っている。
一体なぜ？　エリス・ラースは何者なのか？
これは、平凡（に憧れる）令嬢の、平凡からはかけ離れた日常の物語。
定価1,320円（本体1,200円＋税10%）　978-4-8156-1982-4
ツギクルブックス
https://books.tugikuru.jp/

おっさん（3歳）の冒険。
著 ぐう鱈
イラスト 高瀬コウ
異世界転生したら3歳児になってたのでやりたい放題します！
異世界はでっかい遊び場です！
「中の人がおじさんでも、怖かったら泣くのです！　だって3歳児なので！」
若くして一流企業の課長を務めていた主人公は、気が付くと異世界で幼児に転生していた。
しかも、この世界では転生者が嫌われ者として扱われている。
自分の素性を明かすこともできず、チート能力を誤魔化しながら生活していると、
元の世界の親友が現れて……。
愛されることに飢えていたおっさんが幼児となって異世界を楽しむ物語。
定価1,320円（本体1,200円＋税10%）　ISBN978-4-8156-2104-9
ツギクルブックス
https://books.tugikuru.jp/

異世界に
転移したら山の中だった。
反動で強さよりも快適さを選びました。
1～11
著 じゃがバター
イラスト 岩崎美奈子
カクヨム
書籍化作品
「カクヨム」総合ランキング
累計1位
獲得の人気作
(2022/4/1時点)
2023年10月、最新12巻発売予定！
勇者には極力近づきません！
『コミック アース・スター』で
コミカライズ
好評連載中！

婚約者が明日、
結婚するそうです。
著：櫻井みこと
イラスト：カズアキ
そんな婚約者は、お断り！
勇者様と幸せな生活を謳歌します！
王都から遠く離れた小さな村に住むラネは、5年前に出て行った婚約者が
聖女と結婚する、という話を聞く。もう諦めていたから、なんとも思わない。
どうしてか彼は、幼馴染たちを式に招待したいと言っているらしい。
王城からの招きを断るわけにはいかず、婚約者と聖女の結婚式に参列することになったラネ。
暗い気持ちで出向いた王都である人と出会い、彼女の運命は大きく変わっていく。
不幸の中にいたラネが、真実の愛を手に入れる、ハッピーエンドロマンス。
定価1,320円（本体1,200円＋税10%）　978-4-8156-1914-5

転生貴族の優雅な生活
著 綿屋ミント
イラスト 秋吉しま
これぞ異世界の優雅な
貴族生活!
本に埋もれて死んだはずが、次の瞬間には侯爵家の嫡男メイリーネとして異世界転生。
言葉は分かるし、簡単な魔法も使える。
神様には会っていないけど、チート能力もばっちり。
そんなメイリーネが、チートの限りを尽くして、男友達とわいわい楽しみながら送る優雅な貴族生活、
いまスタート!
定価1,320円（本体1,200円＋税10%）　ISBN978-4-8156-1820-9
ツギクルブックス
https://books.tugikuru.jp/

2023年8月、
最新15巻
発売予定！
もふもふを
知らなかったら
人生の半分は無駄
にしていた
1〜14
著／ひつじのはね
イラスト／戸部淑
冒険あり、癒しあり、笑いあり、涙あり
もふもふたちに囲まれた
異世界スローライフ！
魂の修復のために異世界に転生したユータ。異世界で再スタートすると、
ユータの素直で可愛らしい様子に周りの大人たちはメロメロ。おまけに妖精たちがやってきて、
魔法を教えてもらえることに。いろんなチートを身につけて、目指せ最強への道？？
いえいえ、目指すはもふもふたちと過ごす、
穏やかで厳しい田舎ライフです！
転生少年ともふもふが織りなす
異世界ファンタジー、開幕！
定価1,320円（本体1,200円＋税10%） ISBN978-4-8156-0334-2
ツギクルブックス
https://books.tugikuru.jp/

本書は、「小説家になろう」（https://syosetu.com/）に掲載された作品を加筆・改稿のうえ書籍化したものです。

『精霊《せいれい》の花嫁《はなよめ》』の兄《あに》は、騎士《きし》を諦《あきら》めて悔《く》いなく生《い》きることにしました

2023年6月25日　初版第1刷発行

著者　池家乃《いけの》あひる

発行人　宇草 亮
発行所　ツギクル株式会社
〒106-0032　東京都港区六本木2-4-5
TEL 03-5549-1184
発売元　SBクリエイティブ株式会社
〒106-0032　東京都港区六本木2-4-5
TEL 03-5549-1201

イラスト　松本テマリ
装丁　ツギクル株式会社

印刷・製本　中央精版印刷株式会社

ISBN978-4-8156-2154-4
Printed in Japan